일상이 고고학
나 혼자 경주 여행

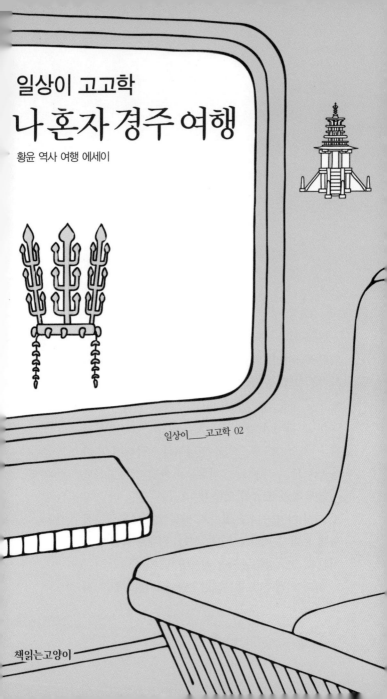

일상이 고고학

나 혼자 경주 여행

황윤 역사 여행 에세이

일상이___고고학 02

책읽는고양이

프롤로그

오늘 따라 유난히 아침 일찍 일어난 나는 호계 시외버스터미널로 가 익숙한 듯 오전 7시 50분 발 시외버스 티켓을 끊는다. 퉁명스럽게 표를 끊어주는 매표소 직원, 오늘도 투명 벽을 두고 만나는구나. "어디로 가시나요?" "경주요" "네, 2만 9600원입니다." "카드 여기요." 처음 만남부터 지금까지 몇 번을 만나도 우리 대화는 한결같은 패턴이다. 요금만 세월에 따라 조금씩 오를 뿐. 목표는 경주. 너무 자주 가서 이제는 나도 몇 번째 방문인지 모를 경주를 향해 또다시 떠나고 있다. 사는 곳이 안양이라 이 시간 버스가 경주로 가는 첫차다.

어제 저녁부터 흥분되던 마음을 가라앉히고 시

외버스를 타니 매번 그렇듯 곧장 잠이 쏟아진다. 아침 일찍부터 부산떠느라 나도 모르게 피곤했던 모양이다. 한참 푹 자고 있는데, "휴게소에서 15분 간 정차합니다."라는 버스 기사의 안내가 들린다. 금강휴게소에서 잠시 쉬고 다시 버스를 탄 후부터는 창문 밖으로 풍경을 바라본다. 구미, 대구, 경산… 고속도로 푯말이 쓱쓱 지나간다. 경산을 막 통과했으니 이제 50분 정도 남았구나.

2시간 40분쯤, 버스 여행이 조금 지루해질 무렵 경산이라는 안내를 듣자마자 곧 경주를 만난다는 묘한 흥분감이 올라온다. 한편으로 지겹기도 하고 흥분되기도 하는 모순된 상황에서 어느덧 경주휴게소를 지나고 있다. 출발한 지 3시간 30분이 지났다. 일반 고속도로 휴게소와 달리 지붕이 기와로 장식된 모양에서 전통미를 느끼라는 건가. 여하튼 이 건물이 보이면 15분 안에 경주시외버스터미널 도착이다. 나에게는 경주 도착을 알리는 중요 이정표다. 드디어 도착이다.

경주 시외버스터미널은 경주 시내에 위치하고 있어 버스에서 내리는 바로 그 순간부터 경주 주요 지역과 만날 수 있다. 내가 버스를 애용하는 이유이기도 하다. 한때 KTX 신경주역이 생긴 후 KTX를 타고 와본 적도 있으나 KTX 신경주역이 시내 중심과 너무 멀리 떨어져 있는 데다 기차 이외의 이동 시간, 가령 집에서 KTX역까지, KTX역에서 경주 시내까지 이동 거리를 합하면 시간상 매력이 거의 없다는 걸 깨닫고 버스로 다시 돌아서게 되었다. 또 버스가 시간이 더 걸리더라도 이동 시간 동안 내리 잠을 자면 되니 체력적으로도 이득이다.

다른 핑계를 하나 더 대자면, 사실 경주 하면 가장 먼저 생각나는 추억이 역시나 수학 여행이다. 학창 시절 멋도 모르고 반끼리 여러 버스에 나눠 타고 이동했던 추억. 공부 압박감에서 잠시 해방되었다 하여 흥분된 감정을 지니고 여행했던 추억. 하지만 버스 타고 이동하는 동안 거리가 멀어 조금 지겨웠던 분위기. 그래서인가, 버스를 탄 직후에는 선생님 지적을 받을 만큼 한창 신나게 수다 떨다가도 거짓말처럼 어느새 모두가 잠들어버린 조용한 버스. 그 추억을 또다시 경험하고 싶어서 굳이 버스를 타는 건지도 모르겠다.

이처럼 버스를 타고 경주로 떠나는 순간 나는 일상에서 벗어나 어린 시절의 나, 추억 속의 나를 만나게 된다. 이런 마음으로 도착한 경주는 언제나 포근하게 나를 반겨주지만, 현실은 슬프게도 학창 시절의 나와 지금의 나는 지나온 세월만큼 달라져 있다. 올 때마다 경주에 대한 이해도는 높아지지만 체력은 떨어지고 있으니 말이다.

내가 탄 버스는 경주를 거쳐 포항까지 가기 때문에 버스 기사가 경주 도착을 알리자마자 경주를 방문하는 사람들은 저마다 신속하게 내리기 시작한다. 나 역시 한시라도 빨리 경주를 느끼고 싶어 그 줄에 합류한다. 발이 지면에 닿는 순간, 진짜 경주 여행이 시작된다. 짜릿한 느낌이다. 다만 내리자마자 우선 해야 할 일은 되돌아갈 버스 티켓을 사는 일이다. 운이 나쁠 경우 매진될 수도 있기 때문이다.

안양으로 가는 마지막 버스는 오후 7시에 있구나. 앞으로 약 7시간 20분 정도 남았네. 충분하다. 이렇게 나는 종종 당일치기로 단 7시간만 경주에 머물다 돌아가곤 한다. 자주 오다보니 그것만으로도 내 마음은 충분히 만족하기 때문이다.

"휴우~ 오늘은 어디로 갈까나?" 목표가 이미 정해졌다면 길 건너 버스 정류장으로 가자. 경주 주요 지역으로 가는 버스들을 만날 수 있다. 버스 정류장에는 이미 외국인들을 포함해 여러 관광객들이 저마다 자신의 목적지로 가는 버스를 기다리고 있다. 택시를 원하면 길을 건널 필요 없이 시외버스터미널 앞 택시 정류장에서 타면 된다. 그때그때 여행의 목적지에 따라 교통 수단도 달라지겠지.

차례

7. 불국사

8. 황리단길

에필로그

1

봉황대

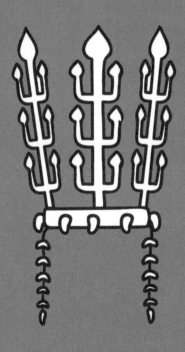

신라 사람들은 왜 이렇게 큰 무덤을 만들었나

　　우선 걸어볼까. 시외버스터미널에서 내린 나는
우선 오랜만에 경주 분위기를 느끼고 싶어 동쪽으
로 슬슬 20분 정도 걸어가본다. 어디론가 가려면 버
스를 타야 하는데, 갑자기 산보하듯 이렇게 걸으면
서 경주 시내를 구경하고 싶어졌다. 걷다보니 정말
로 내가 경주 시민이 된 것 같다. 이곳저곳 도시 분
위기를 읽으며 사람 구경도 해본다. 좀 걷다보면 얼
마 가지 않아 그 유명한 고분인 봉황대를 만난다.

　　봉황대는 당나라 시인인 이백(李白, 701~762년)
이 쓴 시 중 "봉황루에 올라"라는 부분을 가져와 지
은 이름이다. 조선 시대에는 이곳을 무덤이 아닌 흙
으로 쌓은 누각으로 생각하여 봉황대 위로 올라가

주변을 둘러보며 이백이 된 것 같은 기분을 만끽하
곤 했던 것이다. 사실 높이 22m의 봉황대는 아파트
로 치면 7층 정도로, 요즘이야 흔해진 높이지만 그
옛날 평지에 만든 인조 구조물로는 흔치 않은 높이
다. 물론 지금은 문화재 관리 때문에 고분 위로 올
라갈 수 없다. 걸리면 2000만 원 이하의 벌금이다.
그럼에도 간 큰 사람들이 종종 고분 위를 올라갔다
내려갔다 하며 주목받는 일을 하나보다.

　그나저나 신라 사람들은 왜 이렇게 큰 무덤을 만
든 것일까?

　사실 신라의 시작은 그리 큰 세력에서 비롯된 것
이 아니었다. 《삼국사기》를 보면 초기 신라는 가야
의 김수로왕에게 의존하는 모습을 보이기도 했다.
이는 실제 역사라기보다 당시 세력 구도에서 신라
가 가야보다 약했음을 보여주는 이야기로 보인다.
이런 신라에게 새로운 기회가 생기게 되는데, 다름
아닌 경주 대릉원의 거대한 무덤에 그 실마리가 있
다.

　대릉원의 고분 중 하나이자 5세기 말~6세기 초에
만들어진 봉황대는 '단일 무덤'으로서는 경주에서
가장 큰 무덤이다. 크기로는 황남대총이 가장 크지
만 이곳은 부부 무덤으로 2개가 함께하고 있는 쌍분
이라, 단일 무덤으로 각각 나누어 본다면 봉황대보

다는 조금 작다.

봉황대와 황남대총 같은 거대한 무덤이 만들어
지던 시기는 신라 시대 '마립간'이라 불리던 왕들
이 즉위하던 때로, 17대 내물왕부터 22대 지증왕까
지의 기간이다. 이렇게 6명의 왕을 마립간이라 불렀
다. 이때는 고구려의 지원으로 신라가 크게 성장하
던 때이기도 하다.

과거 일본이 백제의 사주로 가야와 함께 신라를
공격한 적이 있었다. 국가적 위기감을 느낀 신라는
고구려에게 도움을 요청하기에 이른다. 마침 고구
려의 광개토대왕은 이 소식을 듣고 백제의 힘을 약
화시키기 위하여 후방의 백제 동맹국이었던 일본과
가야를 무력으로 밀어버리기 위해 신라를 돕는다.
이때가 400년으로 고구려는 무려 5만 대군을 파병
하여 신라를 도왔으니 가야와 일본 군대는 힘없이
무너지고 그 뒤로 신라는 사실상 고구려의 보호국
이 되고 말았다. 대충 이해하면 미국이 한국에 군대
를 파병하여 도운 후 지금도 엄청난 영향력을 이어
가고 있는 것과 유사하다고 보면 될까?

고구려 보호국이 된 이후부터 신라는 국가적으
로 급성장할 수 있는 기회를 얻게 된다. 고구려로부
터 선진 문물을 적극 받아오며 왕권은 강화되었고,
이를 바탕으로 김씨가 신라 왕위를 세습하는 단계

까지 만들어냈다. 그리고 이처럼 강해진 권력을 대내외적으로 크게 과시하기 위해 왕을 비롯한 그의 가족들은 평야에 거대한 무덤군을 만들어 함께 묻힌다. 당시 급성장하던 권력의 힘을 거대한 무덤을 통해 보여주고자 한 것이다.

다만 여전히 왕권이 강한 시대가 아니었기에 친인척이 함께 묻히는 무덤군을 통해 그 권위를 유지했다. 즉 왕이 포함된 집단의 권력을 자랑하고자 했던 것이다. 대릉원 조성 당시 신라 왕은 6명인 데 비해 이곳에 훨씬 많은 고분이 존재하는 이유이기도 하다. 이러한 거대 고분은 4~6세기 권력이 하나로 집중되던 한반도 전역에서 볼 수 있는 문화이지만, 유독 경주 쪽 고분의 크기가 크긴 하다. 김씨와 더불어 석씨, 박씨 등 다양한 집단이 왕을 배출했던 신라인지라 내부적으로도 권력자끼리 경쟁 심리가 상당했음을 알 수 있다.

당시 만들어진 황금 유물도 이들 김씨 권력을 상징하는 물건이었다. 그들보다 격이 떨어지는 집단에게 김씨 권력자들은 금동관이나 은으로 만든 장신구를 줌으로써 점차 신라 내 확고한 위계 질서를 만들었다. 이런 과정을 통해 신라에서 김씨는 독보적인 권력을 지닌 집단으로 군림하게 되었고, 이후 불교 공인과 함께 성골과 진골 같은 개념으로 핏줄의 힘이 포장되면서 더욱더 공고한 힘을 갖추게 된다.

결국 봉황대는 마립간 시대 만들어진 왕실 가문의 무덤 중 하나이며, 그 크기로 볼 때 왕이 묻혀 있을 가능성이 무척 큰 고분이기도 하다. 이 말은 즉 황금 유물이 봉황대 아래에도 잠들어 있을 가능성이 크다는 의미. 100%에 가까울 정도로 확실하다. 물론 지금은 그런 비밀을 숨긴 채 수백 년 된 나무가 봉황대 위에 운치 있게 자라고 있어 참으로 편안하고 아늑한 느낌이 든다. 총 11그루의 나무가 함께하고 있는데, 느티나무 7그루, 팽나무 2그루, 오동나무 1그루, 측백나무가 1그루라 하네. 이들 나무가 왜 고분 위에 자리 잡았는지는 모르지만, 신라가 멸망하고 고분 주위로 민가가 가득할 때 집안에서 키우던 나무가 올라타며 서서히 커진 것이 아닐까 추정한다. 특히 경주시는 저녁에 야간 조명으로 빛을 조절하여 고분을 비추어 신묘한 분위기를 만들어내고 있다. 이 분위기가 좋아 저녁이면 사람들이 봉황대로 몰리곤 한다. 봉황대와 그 주변의 거대한 고분은 이런 역사를 가지고 있다.

그렇다면 신라는 이 이후 어떤 식으로 발전하게 되었을까?

점차 힘이 강해진 신라는 고구려로부터 독립을 시도하게 되고 백제와 연합하여 나제동맹을 맺기에 이른다. 외교는 이처럼 시기와 기회에 따라 변화무쌍함을 보여준다. 마지막 마립간이었던 지증왕 시대부터는 국호를 '신라'로 정하고, 왕이라는 칭호를 쓰기 시작한다. 기록에 따르면 신(新)은 덕업이 날로 새로워진다는 뜻이고, 라(羅)는 사방을 망라한다는 뜻이라 한다. 합쳐서 신라가 된 것이다. 이때가 504년이다.

그리고 법흥왕 시대가 되면서 불교를 공인하며 고대 국가로서의 체계를 구축한 후, 금관가야를 병합하면서 소백산맥 안으로는 최고의 힘을 지닌 국가로 올라서게 된다. 다음 왕인 진흥왕이 왕위에 오르자 신라는 백제와 함께 고구려를 격파하고 한강까지 진출하면서 오랜 기간 고구려가 만들어놓은 틀에서 탈출하는 데 성공한다. 드디어 작은 나라에서 한반도의 지배권을 놓고 고구려, 백제와 견줄 수 있는 나라로 성장한 것이다.

봉황대 주변 4개 고분에는 왜 봉분이 없나

봉황대를 충분히 구경하고 주변을 훑어보면 봉황대 주변으로 금령총, 식리총이 보이고 봉황로라는 2차선 건너에는 금관총, 서봉총이 있다. 이들 4개 고분은 하나같이 봉분이 사라지고 없는데, 모두들 일제강점기 때 발굴된 고분들이다. 당시 일본인들은 고분 안에 묻혀 있던 유물에만 관심이 있었기에 봉분은 대충 걷어내어 놀랍게도 경주 철도 공사에 필요한 흙과 돌로 사용해버렸다. 지금 기준으로 보면 황당하지만 당시 문화재에 대한 인식 수준 및 식민지를 낮춰 보는 분위기를 확인할 수 있는 직접적 증거이기도 하다. 덕분에 지금은 휑한 느낌으로 고분 밑부분만 겨우 남아 한때 이곳에 고분이 있었음을 알려주고 있는 것이다.

이 4개 고분 중 특히 주목되는 곳은 서봉총(瑞鳳塚)으로 윗부분이 사라진 고분 바로 앞에는 발굴 기념비와 서봉총 발굴 관련한 이야기가 팻말에 적혀 있다.

1926년, 일제강점기 시절 일본을 방문 중이던 구스타프 스웨덴 황태자가 고고학에 특히 관심이 많았다고 한다. 일본 정부는 머나먼 곳에서 온 유럽 왕자에게 잘 보이고자 조선의 고분 발굴에 참가해 달라고 권한다. 흥미가 생긴 구스타프는 경주에 도착하여 불국사, 석굴암을 관람한 뒤 이곳 고분으로 왔다. 하이라이트인 금관 출토만 일부러 남겨두고 기다리던 일본인들은 그에게 직접 황금 금관을 출토할 수 있게 하여 유럽 왕자에게 인생에 두 번 경험하기 힘든 뜻깊은 선물을 주었다. 그 결과로 고분 이름은 스웨덴의 한자어인 서전(瑞典) 중 앞 글자인 서와 이곳 고분에서 발굴된 금관에 장식되어 있던 봉황 모양에서 봉(鳳)을 따와 서봉총이 되었다.

귀한 경험을 한 황태자는 나중에 67세 나이로 스웨덴 국왕이 되었고 90세까지 살다 1973년 사망한다. 이때의 인연으로 스웨덴에서는 한국과 정상 외교할 때마다 지금까지도 이 이야기를 언급하고 있어, 어떻게 해석하면 신라 고분이 두 나라 간 다리를

윗부분이 사라진 고분, 서봉총(瑞鳳塚). ⓒ Hwang Yoon

만들어준 것이려나? 6.25 때도 스웨덴은 한국을 도와 참전했으며, 한옥에 관심이 많았던 구스타프는 경주 방문 당시 여자들이 머물던 안채에 방문하지 못한 것이 기억났는지, 파견된 스웨덴 여 간호사를 통해 사진을 찍어 확인했다는 후문도 있다. 앞으로 200년쯤 더 지나면 스웨덴 왕자 이야기는 전설처럼 살이 더 붙어 전해지겠지. 문제는 스웨덴과 한국이 산업이나 외교적으로 아직까지 깊은 관계를 맺지 못하여 이 인연이 더 발전하지 못하고 있는 점이다.

최근 들어 서서히 첨단 제조업 분야가 발달한 두 국가가 다양한 협력을 이룩할 분위기가 만들어지고 있다고 하는데 서봉총이 좋은 역할을 해주길 바랄 뿐이다.

한편 이 고분들에 대해서는 아직 밝혀진 것들이 별로 없다. 서봉총의 부장품 가운데 신묘년이라는 글자가 새겨진 은으로 만든 합이 발견되었는데, 학계에서는 5~6세기 초반까지의 신묘년인 451년 또는 511년 중 하나로 판단하고 있다. 당연히 고분도 그 두 시기 중 한 무렵에 만들어졌을 것이다. 대부분 451년으로 보고 있기는 하다. 서봉총은 그나마 구체적으로 시기를 알려주는 유물이 나와 일부 수수께끼를 풀 수 있었는데, 더 많은 증거물은 과연 언제쯤 등장할지 지금으로서는 묘연할 뿐이다. 상당수의 증거물은 비밀을 간직하고 있는 고분 안에 있을 테니, 솔직히 쉽지는 않겠다. 이렇게 구체적 비밀을 숨기고 있는 모습이 경주 고분과 더 어울린다는 생각은 든다. 슬슬 걷다보니 어느새 노동리, 노서리 고분군 구경도 마감이 된다.

2

국립경주박물관

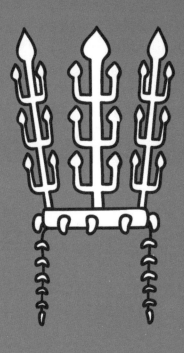

국립경주박물관 입구에서 관람객을 맞아주는 성덕대왕신종.
© Park Jongmoo

경주라는 도시를 이해하기 가장 쉬운 방법

경주와의 만남을 고분으로 시작했으니 다음 코스는? 신라에 고분이 있다면 그 고분 안에는 황금 유물이 있지. 그 황금 유물까지 확인해야 고분의 안과 밖을 모두 봤다고 할 수 있겠다. 그렇다. 다음 코스는 황금 유물이 보관, 전시 중인 국립경주박물관으로 가자. 경주를 자주 오기도 하지만, 오면 거의 반드시 들르는 곳이기도 하다. 박물관을 워낙 좋아하는 나는 어릴 적부터 여러 지역의 박물관을 다니곤 했었고, 이는 어느덧 경주 방문의 주요 이유로도 자리잡는다. 3~4개월마다 바뀌는 특별 전시, 즉 기획 전시에 맞추어 1년에도 3~4차례 하루씩 날 잡아 경주를 방문할 수 있는 구실을 만들어주기 때문이다.

국립경주박물관은 지방에서 가장 규모가 큰 국립 박물관으로 신라 유물을 중심으로 하는 상설 전시 수준이 뛰어나며, 가끔씩 기획전으로 중국, 일본, 중앙아시아 등 다양한 지역의 역사 전시를 종종 선보이곤 한다. 이를 통해 한반도 역사와 동시대 세계 역사를 비교할 수 있는 기회를 만들어, 신라가 동시대 문화의 어디쯤에 위치했는지를 알게 해준다. 비행기를 타고 타국까지 가야 볼 수 있는 유물 전시를 경주에서 한다면야 버스 타고 3시간 30분 정도는 가뿐하지.

　　봉황대에서 가려면 서쪽으로 조금 걸어가 큰길가에 있는 서라벌사거리 정류장으로 가야 한다. 이곳에서 시내버스를 타면 박물관까지 약 10분 정도 걸리는데, 경주 시내를 관통하며 달리는 버스에서부터 경주 여행의 특별한 기분을 만끽할 수 있다. 경주의 도시 경관은 사실 한국의 다른 도시에서는 보기 힘든 모습으로, 거대한 고분이 평지에 현대 건물들과 함께 하고 있으니, 국립경주박물관까지 가는 그 짧은 거리에서도 여러 개의 고분을 눈으로 확인 가능할 정도다. 죽은 자의 공간과 산 자의 공간이 함께하는 곳, 매번 느끼지만 이것이 경주의 매력이지 싶다.

　　버스를 타고 잠시 경주의 도시 분위기를 파악하

다보면 금세 박물관 정류장에 도착한다. 버스에 탄 관광객 느낌의 손님 중 많은 수가 나와 함께 박물관 정류장에서 내린다. 역시 박물관을 보는 것이 경주라는 도시를 이해하는 가장 쉬운 방법일 것이다. 버스 정류장에서 조금 걷다보면 주차장이 넓게 보이고 그 안으로 박물관 입구가 보인다. 주차장은 눈으로 보기에는 넓어 보이나 주말만 되면 자가용으로 가득 차서 운 나쁘면 차를 주차하지 못해 박물관 구경을 뒤로 미뤄야 할 정도로 복잡하다. 평일은 그나마 넉넉하다.

그렇다면 주말에는 어디서 이렇게 많은 차가 몰리는 것일까? 바로 경주 주변에 있는 대도시들, 부산, 대구, 울산, 김해 등에서 문화의 향유를 즐기기 위해 주말마다 엄청나게 오기 때문이다. 경주는 25만 인구에 불과하나 주변에 인구 342만의 부산, 245만의 대구, 115만의 울산, 104만의 창원이 최근 고속도로 정비 등으로 자동차로 약 1시간 거리에 위치하고 있다. 이렇듯 주변 800만의 문화 수도로서의 위상 또한 경주의 힘이기도 하다.

도시와 사람의 복잡함을 피하기 위해서 경주로 놀러온다는 말을 적잖이 듣곤 하는데, 조금 신뢰하기 힘들다. 경주 역시 사람이 너무 많아 복잡할 정도니까. 당장 국립경주박물관 관람객 숫자만 보아도 매년 130만 명 정도로 전국 국립박물관 중 2위다. 서울과 경기도 2300만 인구가 배후로 있는 국립중앙박물관의 매년 300만 명과 비교하면 적어 보일지 모르나 박물관의 면적과 규모에서 경주가 훨씬 작기 때문에 관람객 인구 밀도로 보면 국립경주박물관이 월등하게 혼잡하다. 사람들로 둘러싸여 주말에는 상설관 전시 유물을 제대로 보기 힘들 정도니까. 이는 경주 시내 도로와 관광지도 마찬가지여서 주말이면 상상 이상의 엄청난 차 막힘과 유동 인구를 만날 수 있다. 그래서 경주 여행은 가능한 평일에 휴가 내고 오는 것을 추천한다.

국립경주박물관에 들어서다

　이제 박물관으로 들어가본다. 표를 끊고 국립경주박물관 입구를 거쳐 안으로 조금 들어가다 보면 오른쪽으로는 에밀레종으로 유명한 성덕대왕신종 (국보 29호)이 있고, 중앙에는 누각 형태의 지붕이 인상적인 박물관이 정면으로 보인다. 상설전시실 입구까지는 높다란 계단을 올라가야 하는 형식인데, 건물 디자인이 참 재미있게 생겼다. 이 건물을 신라역사관이라 부르며, 사실상 메인 건물이기도 하다. 물론 국립경주박물관의 여러 건물들 중 나이도 제일 많다. 당시 유명 건축가 이희태(1925~1981년)가 설계하여 1975년에 완공된 것이다. 60년대 이후 출생한 한국인이라면 설사 구체적 기억이 나지

국립경주박물관 상설전시실인 신라역사관 전경.© Park Jongmoo

않더라도 인생에 한 번 이상 방문한 건축물이기도 하다. 이유는 수학 여행.

경주는 과거부터 문화적으로 중요한 도시로 인정받고 있었으며 그런 만큼 조선 시대에도 행정뿐만 아니라 관광 도시로서 명성을 지니고 있었다. 박물관 문화가 전파되던 근대 시점부터는 경주에서도 진열관을 만들어 유물을 보존, 전시하는 등 나름 근대적 방식으로 박물관을 운영하기 시작하였다. 일제강점기 시대에는 조선총독부 박물관 경주 분관으로 명성을 알렸으며, 현재 경주 시내에 있는 경주문화원이 바로 그 당시 박물관으로 운영하던 건물이었다. 그 때문에 나이 많은 경주 분들 중에는 지금도 경주문화원을 '구박물관'이라고 부르는 분도 계신다. 여하튼 이렇게 운영되던 경주박물관은 박정희 대통령 시대인 70년대에는 경주 자체를 크게 관광 도시화시키는 과정에서 신라 고분의 조사, 발굴 등이 이루어지면서 큰 변화를 맞게 된다. 바로 신축 건물을 만들어서 이사하는 계획이 그것이었다. 덕분에 분관이라는 딱지를 떼버리고 볼 만한 국립 박물관이 세워진다.

이후 유물이 새롭게 출토되거나 보관할 장소가 부족해지면 부지 안에 건축물을 계속 지었으니, 월지를 조사하고 나온 유물을 전시하기 위한 월지관(1982년), 주로 경주에서 출토된 불교 미술품을 전시하고 있는 신라미술관(2002년), 영남 지역에서 출토된 문화재 무려 60만 점을 보관할 영남수장고(2019년) 등이 그것이다. 여기다 2000년대 들어와 대중을 위한 강연과 교육 시스템이 박물관의 역할로 중요하게 부각되자 교육 시설인 수묵당(2004년), 어린이 박물관(2005년) 등도 개관한다. 특히 수묵당은 연못과 잘 어우러진 형태로 만들어져 한국적이면서도 품격이 느껴지는데, 조금 숨겨진 듯한 위치에 있어 사람들이 아직도 잘 모르는 경우가 많다. 분위기를 좋아하는 사람이라면 미로를 찾듯 꼭 찾아서 방문해보면 좋을 듯싶다.

이렇듯 국립경주박물관은 꾸준히 발전하며 시대적 요구에 맞는 모습으로 변화한 장소임을 알 수 있다. 다만 1975년에 지어진 메인 전시관이 이제는 너무 낡아 몸이 불편한 사람의 계단 이동, 방문객 숫자에 비해 낡고 좁은 화장실 등 불편함 등이 있다는 점이 아쉽다. 자, 그럼 이제 상설 전시장에 들어가보자.

박물관 속 고분 이야기

경주 여행에서 인상적인 부분은 사람마다 다르겠지만 역시나 도시 중심에 딱 위치한 고분들이 아닐까 싶다. 황남대총, 봉황대, 천마총 등 역사에 관심 없는 사람들도 어디선가 한 번쯤은 들어본 익숙한 이름들, 바로 신라 유명 고분들의 명칭이다. 그리고 이 많은 고분 중 일부에는 신라의 마스코트인 황금으로 만든 관, 즉 금관이 존재하고 있으며 금관 외에도 다양한 보물들이 보관되어 있다.

추억이 될 만한 물건을 보관했다가 상당한 시일이 지나 열어보는 '타임캡슐'이 현대 들어와 미국을 시작으로 큰 인기인데, 고분 속 유물들도 신라인의 '타임캡슐'이라 봐도 되려나?

그러나 타임캡슐도 숨겨놓은 장소를 잊는다든지 또는 그 기억을 공유하던 사람이 미처 공개하지 못하고 죽거나 하면 의미가 사라지듯이, 신라 고분들도 1000년을 지속하던 신라가 사라지고 그 뒤로도 오랜 시일이 지나자 단순히 높고 낮은 언덕으로 치부되며 고분 주변으로 민가가 가득 차는 상황이 만들어졌다.

사실 이들 고분 안에 있는 황금 유물의 존재가 알려진 것은 그리 오래된 일이 아니다. 지금으로부터 불과 100여 년 전 일제강점기 시절인 1921년, 고분 근처에 위치한 한 집이 증축 공사를 하는 중 파헤치다가 고분의 안까지 건드리면서 고분 주인을 위해 넣어둔 구슬이 일부 흘러나오게 된다. 이를 아이들이 장난감처럼 가지고 놀자 수상히 여긴 순사가 보고하였고, 곧 언덕을 파서 조사해보니 금관을 비롯한 다양한 장신구, 그릇, 무기 등이 발굴된 것이다. 나흘 동안 발굴된 유물 숫자만 4만여 점에 이르렀으며 특히 금관은 신라 시대 이후 처음으로 세상에 공개되었다. 이렇듯 금관이 발견되자 조선총독부에서는 주변 다른 고분에 대한 관심도 갖게 되었으며, 금령총, 서봉총 등 고분을 더 발굴 조사하기에 이른다. 이렇게 처음으로 금관이 발견된 고분을 '금관총'이라 부르고 있다.

그렇다면 고려 시대, 조선 시대에는 경주 중앙에 위치한 신라 고분을 어떻게 인식하고 있었던 것일까? 앞서 봉황대에서 이야기했듯이 인공 언덕으로 보면서 최소한 무덤이나 왕릉이라는 인식도 없었던 것일까? 관련하여 이런 이야기가 전해진다.

10세기 초 한 풍수가 신라 왕에게 말하길 "경주의 지리가 마치 봉황의 둥우리처럼 생겼으니 이로 인해 천 년이나 영화를 누릴 수 있었습니다. 그러나 때가 변하여 봉황이 둥우리를 버리고 다른 곳으로 날아가려 하니, 경주에 봉황의 알처럼 생긴 흙더미를 쌓아둔다면 분명 알을 두고 봉황이 다른 곳으로 가지 못할 것입니다. 이는 신라가 다시 부흥할 수 있을 방법입니다." 이에 신라 왕은 경주 중심에 흙을 거대하게 쌓아 봉황의 알을 여러 개 만들었다.

그러나 이는 고려를 세운 왕건의 계책이었다. 신라 힘을 약화시키기 위해 거대한 흙더미를 쌓게 하는 의미 없는 토목 공사를 하도록 만들어 신라 왕실에 대한 경주 민심을 이반시키려 한 것이었다. 물론 풍수가도 고려 왕건이 파견한 인물이었다. 사실 풍수가는 신라 왕을 만나기 전 왕건을 만나 이렇게 이야기한다.

"신라의 경주는 지형이 배 모양으로 생겼기 때문에 바람을 탄다면 현재의 몰락한 형세에서 금세 다시 부활할 수도 있습니다. 이에 신라를 일어나지 못하게 하려면 경주의 배를 아예 침몰시켜야 합니다."

그의 말에 따르면 신라 왕이 거대한 흙더미를 쌓아둔 것은 배 위에 많은 짐을 실은 격이며, 흙더미 아래 부근에 우물을 파두면 짐을 많이 실은 배 밑바닥에 구멍이 뚫린 격이니, 신라라는 배는 침몰하여 가라앉게 된다고 한다. 결국 풍수가는 신라 왕이 자신의 말에 따라 거대한 흙더미를 여러 개 만들자 계획대로 흙더미의 가장 아래 부근에 우물을 만들고는 고려로 몰래 돌아갔다.

이후 신라는 엉뚱한 토목 공사 때문에 민심이 이반되어 그런 것인지 풍수지리에 따라 배가 가라앉아 그런 것인지 모르겠으나, 얼마지 않아 고려에 항복하면서 1000년의 역사를 마감하게 된다. 헌데 이 야기 속에 등장하는 흙더미가 다름 아닌 경주 대릉원의 고분들을 의미하니 아이러니할 수밖에 없을 듯싶다. 대릉원의 고분이 만들어졌던 시기는 4세기 말~6세기 초 정도이니 신라 멸망 시점인 400년 정도 뒤의 이야기로는 등장할 수 없기 때문이다. 즉 고려 시대나 조선 시대 어느 시점부터 대릉원 고분에 대한 인식이 왕릉이나 무덤이 아닌 인위적으로 만든 언덕 이미지로 고착된 것이 아닐까 싶다.

1607년(선조 40년) 일본에 사신으로 가던 중 경주에 들러 봉황대에 올라 주변을 둘러보았다.

《해사록(海槎錄)》

실제 조선 시대 기록이다. 이후의 여러 기록 중에도 봉황대를 흙으로 쌓아 만든 조망을 위한 인공산으로 인식하는 내용이 존재한다. 조선 시대에는 이곳을 왕릉보다는 인공 언덕으로 인식하고 있었음을 알 수 있다. 특히 조선 중후기까지 경주의 왕릉도 왕의 무덤이라 하여 별도 관리하긴 하였으나, 이 중에서도 그나마 왕릉으로 인식되고 있던 일부 고분을 제외하면 대부분의 고분은 왕릉으로 인식되지 않았다. 조선 시대 사람 눈높이로 볼 때 일반적인 무덤에 비해 너무나 비상식적으로 큰 형태인지라 언덕으로 인식할 수밖에 없었고, 그 결과 일제 강점기 시대에 금관이 발견되기 전까지 거대 고분들은 자신들의 비밀을 철저히 숨길 수 있었던 것이다.

다만 이러한 분위기 속에서도 서예가이자 고증학자였던 추사 김정희(金正喜, 1786~1856년)는 경

주 대릉원과 봉황대의 언덕을 왕릉으로 인식하고 있었으니, 완당집에 따르면

"경주에 조산이 하나 무너졌는데, 석축이 나온 것으로 보아 왕릉이 틀림없다."

하며 남다른 그의 통찰력을 남기고 있다. 추사와 경주 이야기는 뒤에서 더 하기로 하고.

여하튼 이런 이야기가 담겨져 있는 금관, 그중에서도 금관총 금관은 국립경주박물관의 여러 신라 금관 중에서도 가장 먼저 관람객들이 만날 수 있게 전시되어 있다. 한 번 살펴볼까.

금관을 만나다

신라의 마스코트인 금관은 현재 총 6개가 박물관에 소장 중이다. 이 중 5개는 고분의 발굴 과정을 통해 세상에 나타났고, '교동 금관'이라 불리는 작은 형태만 교동의 고분에서 도굴되었다가 되찾은 것이다. 그리고 발굴된 5개의 금관 중 3개는 국립경주박물관에 소장 중이며 나머지 2개는 국립중앙박물관에서 소장하고 있다. 국립경주박물관이 소장하고 있는 3개의 금관은 각각 금관총, 서봉총, 천마총 금관이고, 국립중앙박물관 소장품은 황남대총, 금령총 금관이다. 당연히 아직 발굴되지 않은 고분 중에도 금관이 보관된 곳이 많을 것인데, 얼마 전만 해도 국립경주박물관 규모를 키우는 과정에서 몇 개 고분을 더 발굴하자는 계획도 있었으나, 지금은 미래 세대를 위해 남겨두기로 정해진 듯하다. 개인적으로는 이 같은 결정에 대해 다행으로 생각하고 있다.

이곳 박물관의 상설 전시관에서도 금관의 위치는 각별하여 주인공 역할을 톡톡히 하고 있다. 나역시 금관 구경하기를 좋아하는데, 아무래도 성이 황(黃)이라 그런지 황금색을 어릴 적부터 특별히 좋아하고 친숙하게 생각했던 것 같다. 하지만 비단 나만 그런 것이 아니고 사람들이 황금을 좋아하는 현상은 인류 문화 중에도 장구한 역사를 지니고 있다. 이집트의 황금 마스크, 중앙아시아의 황금 문화, 고대 중국에서 발달한 황금 장신구, 그리고 낙랑 이남의 한반도 남부 지역에도 4세기 무렵부터 등장하게 되는 황금 장식품들. 이처럼 황금 문화도 유라시아 문명의 흐름에 따라 서에서 동으로 서서히 수천 년에 걸쳐 전달되며 발달된 것이다. 그 결과 신라에서도 어느 시점부터 황금은 지배 계층을 구별시키는 중요한 장식품으로 인정받으며, 5세기 들어와 독특한 황금 문화의 진수를 보여주기에 이른다.

한편 국립경주박물관 전시 방식은 14대 관장인 이영훈 관장(임기 2007~2016년) 시절 큰 변화를 맞이하여 이전의 딱딱한 전시 방식이 아닌 마치 고분 안에 들어왔을 때의 느낌이 들도록 전반적으로 리

모델링되었다. 이에 금관총의 경우 금관과 금 허리띠 외에도 해당 무덤의 주인이 누워 있던 목재 관을 중심으로 다양한 부장품이 마치 장례 시점에 배치한 모습 그대로 전시되고 있다. 그 결과 전시 몰입감도 높아지고 이전과 달리 전시하지 않았던 유물도 선보이면서 다양한 볼거리가 만들어졌다.

하지만 진짜 전시의 꽃은 황남대총이다. 입구 부분에서 금관총을 시작으로 신라의 황금 문화의 맛을 보였다면, 바로 이어지는 황남대총 전시에서는 규모의 압박을 통해 당시 권력자의 힘이 어느 정도 막강했는지를 알려준다. 황남대총은 남성과 여성이 함께 묻힌 부부 묘인데, 국립경주박물관에서는 이 중 남성 부분을 부각하여 마치 관에 누워 있는 듯 유물을 배치하고 주변으로는 부장품을 당시 장례 때 놓았던 것처럼 투명 유리관 안에 양껏 쌓아놓듯 전시하고 있다. 덕분에 관람객이 양으로 압도받는 느낌이랄까? 다만 흥미로운 점은 황남대총의 남성은 금동 관을 쓰고 있던 반면 여성이 오히려 금관을 쓰고 있어 격에서 여성이 남성보다 위에 있었다는 점이다. 핏줄 부분에서 남성보다 여성이 더 왕가의 순혈통에 가까웠던 것일까? 여러 의문은 들지만 지금껏 다양한 연구 성과가 있었음에도 정확한 황남대총의 주인공은 밝혀지지 않고 있다. 그 많은 유물 중 글이 남겨진 것이 거의 없어 생겨난 한계다.

물론 누가 주인공인지 어느 정도까지는 추정이 가능하지만 말이다.

이처럼 금관총, 황남대총의 내부를 직접 들어간 듯한 전시 방식으로 인해 이 장소의 인기는 상상 이상이다. 나같이 홀로 여행온 사람부터 친구, 연인, 가족, 어린이, 외국인 관람객까지 유물 하나하나 관심을 두며 구경하니 지체 현상도 심하고 사진 찍는 사람들로 북새통이다. 금을 좋아하는 것은 남녀노소 상관없음을 느끼게 한다.

특히 천마총 금관은 사진으로 큰 인기를 얻고 있는 공간이다. 천마총의 경우 서 있는 사람이 쓰고 있는 형태로 금관이 전시 중인데, 얼굴 구도를 대충 금관 아래로 잡고 사진을 찍으면 마치 금관을 쓰고 있는 것처럼 사진이 찍힌다. 이걸 좀 더 그럴듯하게 살리기 위해 사진을 여러 번 찍는 이들이 있고 사진을 통해서라도 금관을 써보기 위해 다음 차례를 기다리는 사람도 있어 천마총 금관의 인기도 남부러울 것이 없을 듯싶다.

볼 것 많고 사람도 많은 황금 문화 전시가 마감되면, 삼국 통일에 이르는 신라의 역사가 다양한 유물을 통해 설명되고 있다. 여기서부터는 특히 문자로 씌어진 기록 등이 많이 등장하며 구체적인 신라 모

천마총 금관, © Park Jongmoo

습을 이야기하고 있으나 다만 이런 설명 풍의 전시 구도가 지속될수록 열정적으로 관람하는 관람객 숫자는 오히려 줄어든다. 역시 역사는 어려우면 재미없다. 화려한 황금 문화 코너만 지나면 그래도 쾌적한 박물관 관람이 가능하다는 이야기.

오늘도 이렇게 쭉 돌며 신라 역사를 복습했더니 배가 슬슬 고파졌다. 집에서 미리 준비해간 김밥을 가방에서 꺼내 국립경주박물관 본관 벤치에 앉아 먹기로 한다. 이렇게 먹는 김밥과 박물관 분위기가 참 좋다. 박물관 자판기에서 콜라를 하나 사고 스마트폰을 꺼내 시계를 보니 오후 2시가 조금 넘었네. 당일치기 여행이라지만 아직 5시간이나 더 구경할 시간이 남았다. 김밥과 콜라로 점심을 먹으며 다음 볼 것에 대해 생각해본다. 우선 특별전부터 보고 다음은….

옥외 전시장에서 원효대사를 만나다

국립경주박물관은 박물관 내부 구경도 재미있지만, 박물관 바깥 즉 옥외에도 다양한 유물이 전시되어 있다. 가장 대표적인 작품이 '성덕대왕신종'으로 통일신라 시대에 돌아가신 성덕왕을 위하여 만든 커다란 종이다. 선덕여왕으로 착각하는 분들이 가끔씩 있는데, 성덕왕이다. 잘 기억하자. 통일신라 시대 최전성기를 통치했던 왕이다. 조선 시대로 치면 성종과 비슷한 위치랄까? 이 종은 본래 성덕왕의 영혼을 모시는 절인 봉덕사(奉德寺)에 있었으나, 조선 시대 홍수로 봉덕사가 폐사지 된 이후 영묘사, 경주 읍성, 경주문화원(구박물관), 국립경주박물관으로 수차례 이동했다. 이것만 보아도 경주 내 움직일 수 있는 크기의 물건이라면 지금 그 위치에 있다 하여 신라 시대에도 그곳에 있었다는 보장은 할 수 없다는 것을 알 수 있다.

성덕대왕신종이야 워낙 유명한 작품이라 큰 설명이 필요 없겠지만, 그럼에도 한 가지 이야기하자면 이 종이 특히 의미가 있는 것은 당대 신라인들이 직접 남긴 글이 종의 몸에 고스란히 새겨져 있기 때문이다. 종을 만든 사람, 종에 남겨진 글을 지은 사람과 쓴 사람, 성덕대왕신종을 만든 이유, 종의 이름, 만들어진 시기 등이 전부 자세히 씌어져 있다. 당대 신라의 기록 문화를 엿볼 수 있다. 그러했던 신라의 기록 문화가 지금은 거의 다 사라졌다는 것이 아쉬울 뿐이다.

성덕대왕신종 외에 옥외 전시장에서 꼭 봐야 할 것은 '고선사지 삼층 석탑'이다. 국립경주박물관 본관 뒤편으로 가면 석가탑과 다보탑의 복제품이 자리잡고 있는데, 그 자리에서 더 안쪽으로 걸어가 보자. 왼쪽에 있는 신라미술관 건물 뒤쪽으로 거대한 탑이 하나 우뚝 서 있는 것을 확인할 수 있다. 위치가 안쪽으로 쑥 들어가 있어 박물관 건물에 가려져 일반적인 각도로는 보이지 않아 구경 못하는 이가 많을 듯하다. 이 탑은 신라 석탑의 시원적인 작품으로 우리가 일반적으로 알고 있는 신라 3층 탑의 원조라 할 수 있다. 그런 만큼 박물관에서 반드시

확인해야 할 탑이기도 하다.

신라 시대는 불교를 대표하는 고승이 굉장히 많았는데, 법흥왕이 지은 신라 최초의 절인 흥륜사에는 신라 10성이라 하여 신라 10대 불교 성인이 조각되어 모셔졌다고 한다. 이 중에는 불교 공인을 위해 목숨을 바친 이차돈이 있고, 고구려 출신 승려이나 신라에 불교를 처음 전한 아도, 그리고 원효, 의상, 혜공, 자장 등 유명한 신라 고승들을 합쳐 모두 10명이 그 주인공이다. 지금도 남아 있었다면 엄청난 역작으로 알려졌을 것이다. 모르긴 몰라도 그 작품의 수준이 적어도 석굴암의 보살 조각 급이었을 테니 말이다. 그러나 흥륜사가 화재 등으로 폐허가 되며 이 조각들도 안타깝게도 사라졌다. 한편 이들 10명의 성인 중 가장 유명한 이를 고른다면 역시나 원효(元曉)(617~686년)가 아닐까. 신라를 대표하는 고승이자 지금까지 한반도에 등장한 승려 중에서 단연 최고봉에 있는 인물이기 때문이다.

원효가 특히 이름이 크게 남겨진 이유는 그가 남긴 불교 이론서가 워낙 유명세를 얻어 중국, 일본에까지 큰 영향을 미쳤기 때문이다. 대승기신론소(大乘起信論疏)가 대표적인 것으로, 인도의 대승불교 경전인 대승기신론에 원효가 직접 해석과 주를 붙인 것이다. 그런데 그 내용이 워낙 훌륭하여 중국, 일본에서도 원효의 가르침이 크게 유행하였고, 삼장법사 현장의 오류를 지적한 원효의 또 다른 저서 판비량론이 당나라에 일려지자 중국의 승려들이 그 가르침에 감동해 신라 방향으로 세 번 절하며 찬탄했다고 한다.

이후 대승기신론소는 중앙아시아로도 건너갔다. 덕분에 실크로드의 중심지 중국 돈황에서 발견된 고문서 중에서 원효의 대승기신론소가 발견되기도 했다. 당대 대승불교 문화권 대부분에서 원효의 글을 보고 공부했던 것이다. 그가 쓴 십문화쟁론(十門和諍論)도 마찬가지로 인도의 승려가 당나라에서 이를 접하고 자신의 스승이 신라에 환생했다고 놀라워하며, 인도로 그 책을 가지고 돌아갈 정도였다. 그 외에도 원효는 금강삼매경론(金剛三昧經論), 대혜도경종요(大慧度經宗要), 법화경종요(法華經宗要) 등 다양한 책을 남긴다. 한반도 출신 승려 중에서 이 정도로 불교 문화권에 세계적인 영향을 남긴 인물은 지금까지 거의 없지 않을까.

그런데 국립경주박물관 구석에 위치한 고선사지 삼층 석탑이 바로 원효대사와 관련 있는 탑이라는 사실. 고선사는 신라 신문왕 시대에 말년의 원효가 머물렀던 곳으로, 1915년에는 고선사에서 원효대사 비석이 발견되기도 했다. 원효의 후손인 설중업이 당시 권력자였던 김언승(뒤에 헌덕왕)으로부터 후원을 받아 원효를 추모하는 비를 만들었는데, 이것이 3개로 조각난 채 남아 있었던 것이다. 적어도 이 탑은 원효가 입적하기 전, 즉 686년 이전에 만들어진 것으로 보인다. 육중하고 힘 있는 형태가 매력 있는 탑으로 높이가 10m에 이르며 국보 38호이기도 하다. 이 탑은 고선사지 삼층 석탑이라는 이름을 보면 알 수 있지만 본래는 고선사에 위치한 탑이었다. 그러나 1970년대 덕동호라는 댐을 만들면서 고선사지 주변이 수몰되는 상황이 되자 탑을 이곳으로 옮겨온 것이다.

이 탑을 볼 때마다 나는 원효대사가 생각난다. 탑이 지닌 시간과 공간은 달라졌으나 1300여 년 전 원효대사도 같은 탑을 보고 있었을 테니, 시간과 공간을 넘어 원효대사를 만나는 느낌이 든다. 원효가 한국 불교사에 남긴 거대한 흔적만큼이나 이 탑은 한국 탑 역사에 중요한 고리를 하는 탑이기에 이 역시 원효를 닮은 느낌이다. 숨은 이야기를 들었으니 국립경주박물관에 오면 꼭 고선사지 삼층 석탑을 만나 나처럼 원효대사를 만나는 듯한 감정을 얻으면 좋겠다.

이렇듯 국립경주박물관을 구경하면 경주의 지도를 확보했다고 볼 수 있다. 삼국 시대부터 통일신라가 되어 전성기를 얻게 되는 과정까지 한눈에 파악할 수 있으니까. 그러니 경주를 오면 꼭 박물관을 보기로 하자.

3

태종무열왕릉

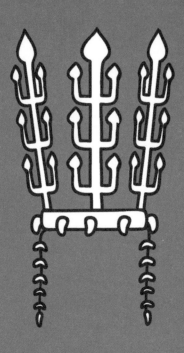

태종무열왕보다 김춘추가 더 익숙한 이유

국립경주박물관 밖으로 나오며 다음 코스를 생각해본다. 우선 경주에 도착해 4~6세기 신라 고분을 보았고, 박물관에서는 고분 안에 있는 금관과 유물을 보았다. 그러다 마지막으로 삼국 통일 직후 만들어진 7세기 고선사지 삼층 석탑을 보니, 문득 이번 여행에서는 삼국 통일 시대가 궁금해진다. 그렇담 신라 삼국 통일의 시작은 어떤 왕부터라 할 수 있을까. 정복 군주였던 진흥왕? 백제를 멸망시킨 태종무열왕?

말 나온 김에 태종무열왕릉에 오랜만에 가볼까. 박물관 입구를 통해 밖으로 나오니 주차장에 마침 택시가 한 대 서 있네. 택시를 타고 "태종무열왕릉이요." 하니 곧바로 출발한다.

반월성을 뒤로 두고 교동 최씨 고택 쪽으로 이동 중인 택시. 시원하게 움직이는 바깥 풍경을 감상하며 태종무열왕에 대한 기억을 떠올려본다. 사실 태종무열왕릉은 능의 주인이 정확히 밝혀진 몇 안 되는 신라 고분 중 하나다. 왕릉 앞에 태종무열왕릉비가 있기 때문이다. 이처럼 주인공이 정확한 만큼 이야기해볼 일화들도 명확하다.

우선 태종무열왕은 왕명보다 그의 이름인 김춘추로 더 유명하다. 진골 귀족 시절 가야계인 김유신과 만나 의기투합하여 김유신의 여동생과 결혼한 것도 꽤 잘 알려진 일화다. 당연히 당시에도 가야계와 방계 왕족의 결합이라 유명한 사건이었다. 어쨌든 이를 통해 김유신과 함께 삼국 통일의 위업을 달성하는 일을 함께했고, 지금도 김춘추와 김유신은 함께 언급될 정도로 단짝이 되었다. 여기까지는 한국인이면 누구나 다 아는 이야기이지 않을까 싶다.

다만 이름의 경우 아무래도 왕 시절보다 왕이 되는 과정이 드라마틱하다 보니 그 시점에 초점을 잡은 기록이 많이 남아 있기에 태종무열왕보다 김춘추가 더 자연스럽게 들리는 듯하다. 김춘추의 왕위 등극은 성골 신분이 왕이 되던 기존 방식에서 방계 진골 신분으로 왕이 바뀐 경우이기 때문에 그 과정이 결코 쉽지 않았다.

남들과 구별되는 권위를 만들기 위하여 고구려, 당, 일본으로 직접 외교를 떠났으며, 그를 총애하는 것에 분노한 귀족들이 난을 일으키는 바람에 선덕여왕이 죽는 일도 벌어졌다. 이 과정 중 딸 하나는 백제에 의해 죽었고, 사위 둘 역시 백제에 의해 죽었으며, 딸 하나는 백제에 의해 과부가 된다. 집안부터 모범을 보이며 피투성이가 된 것이다. 비슷한 예로 왕자의 난을 통해 왕이 된 조선 태종 이방원이 있겠다. 이분도 태종보다 이방원이 더 귀에 잘 감긴다. 역시나 왕자 시절 활약과 왕이 된 후에도 벌어진 형제와의 다툼이 유명하다. 반면 김춘추의 아들인 김법민도 다음 왕인 문무왕임에도 이름을 모르는 이가 태반이며, 이방원의 아들인 이도는 세종대왕임에도 이름을 모르는 이가 태반이니, 참 흥미롭다.

이러한 태종무열왕릉을 내가 특히 좋아하는 이유는 역시 숨겨진 비밀에 대한 다양한 추측이 가능하기 때문이다. 주인이 명확한 고분임에도 불구하고 의외로 여러 비밀이 남아 있다는 사실. 이 부분은 태종무열왕릉에 도착하면 자세히 이야기하도록 하자.

고분의 주인공은 누구

　태종무열왕릉 주변에는 김유신 장군 묘도 있다. 버스터미널 근처 서천교라는 다리를 건너다보면 오른쪽으로는 김유신 장군묘, 왼쪽으로는 무열왕릉이라고 푯말이 되어 있다. 김유신은 나와 남다른 인연이 있는 인물로 그에 대한 평전을 쓰기도 했고, 덕분에 김유신을 주제로 경주에서 강연을 한 적도 있다. 그 와중에 영감을 받기 위해 김유신 묘도 몇 차례 방문하였다.

　김유신 묘에서 특히 유명한 것은 비석인데, 물에 젖으면 새겨진 글자 중 능(陵)이 묘(墓)로 바뀌는 부분이다. 1934년에 만들어진 이 비석은 당시 후손들이 사후 흥무대왕으로 승격된 김유신이기에 김유신

김유신 묘의 비석인데, 물에 젖으면 새겨진 글자 중 능(陵)이 묘(墓)로 바뀐다.
ⓒ Park Jongmoo

릉으로 표기하기를 원했는데, 잘못 표기되어 김유신 묘로 새긴 것이다. 이에 해당 부분을 시멘트로 메우고 글자를 다시 '능'으로 새겼지만, 이 때문에 물에 젖으면 글자가 변하는 마법 같은 일이 생기고 말았다. 이것이 TV 예능 프로그램에 언급되면서 그 뒤로 나름 관광객 사이에 인기 코스가 되기도 했다. 물을 가져와 슬쩍 비석에 뿌려보는 사람이 늘어났다고나 할까? 다만 김해 김씨 종친회에서는 이런 행위를 굉장히 안 좋게 보고 있다고 하는군. 하지만 우리가 일반적으로 알고 있는 김유신 묘가 실제로는 다른 인물의 무덤이라는 주장도 있다는 사실. 김유신의 묘가 아니라 누구인지 확인되지 않은 신라 어떤 왕의 무덤이라는 주장이 그것이다.

현재 신라 왕릉으로 알려진 고분은 38기이고 이 중 경주 내 왕릉으로 알려진 고분은 총 36기인데, 이 중 상당수는 위치가 《삼국사기》 또는 《삼국유사》의 기록과 맞지 않아 근현대 들어와 여러 연구자들이 위치를 새롭게 비정하기도 했다. 다만 학자마다 주장들이 조금씩 달라서 정확하게 누구의 무덤이다, 라고 판단하기가 쉽지는 않다. 관련 내용 중 내가 관심 있게 읽었던 책은 이근직 교수가 정리한 《신라 왕릉 연구(2012년)》다. 신라 왕릉에 대한 방대한 내용을 정리한 책으로 신라 고분에 대한 새로운 관점을 배울 수 있었다. 재미있으니 추천한다. 의견에 100% 동의하는 것은 아니나 이 책을 통해 고분 보는 눈이 높아진 것은 분명하다. 이 책을 만나고 한동안 여러 신라 고분을 찾아다닌 것이 덤이랄까.

다시 돌아와 신라 고분에 대한 과거 기록을 살펴보자. 1454년 완성된 《세종실록지리지》에는 신라 시조인 박혁거세 릉과 김유신 묘만 언급되어 있었으나, 300년 가량이 흐른 영조 6년(1730년) 무렵 문헌에 따르면 경주 고분 중 총 11기가 왕릉으로 인정되고 있었다. 10명의 왕릉에 김유신 묘까지 합쳐서이다. 이 과정 중 매번 김유신은 빠지지 않는 것으로 보아 역사 대대로 대단한 인물로 추앙받아 온 듯싶다. 이후 당시 경주 부윤이었던 김시형과 경주 박씨 문중이 주도하여 이름 없던 고분 중 김씨 11기, 박씨 6기가 더 정해져 이름이 붙여지게 된다. 이로서 28기에 주인이 정해진 것이다.

그런데 정하는 기준이 조금은 엉성하다. 경주 남산을 기준으로 서쪽은 박씨, 동쪽은 김씨 이런 식으로 고분을 나누어 조상 묘로 정하는 상황이었다. 이런 식이니 경주에 살며 이 모습을 본 유의건(1687~1760년)은 그가 남긴 《화계집》에서 "사서에 기록도 없는 천 년 전의 일을 천 년 후에 아는 방법은 없다. 설사 천 년 전의 사람을 무덤에서 다시 불러온다 하더라도 능을 보고 어느 왕의 무덤인지 정확하게 말할 수 있는 사람이 있겠는가?'라며 당시 행태를 크게 비판했다.

그렇다면 왜 이렇게 고분에 조상 묘 이름 정하기 운동이 벌어진 것일까? 이는 당시 문화와 연결되는 것으로, 임진왜란과 병자호란으로 나라가 한 번 무너졌던 조선은 보수적인 성리학을 강화시켜 사회 기강을 잡으려 했다. 17세기가 되면서 지방에서도 족보를 만들어 잊었던 조상을 찾아 가문의 권위를 만들려는 일이 인기처럼 번지게 된다. 그런데 족보에는 그동안 가문에서 전해져오던 이야기를 바탕으로 시조에 대한 이야기를 필요로 하다보니 경주 김씨는 1665년에, 경주 박씨는 1664년에 각각 족보를 만들면서 《삼국사기》 기록을 바탕으로 옛 왕족의 후손이라는 권위를 구성하기에 이른다. 여기에 단순한 족보를 넘어 조상의 묘까지 합쳐진다면 더 완벽한 조상 모시기가 가능해지고, 가문의 뼈대도 더욱 자랑할 수 있지 않겠는가.

이에 경주뿐만 아니라 다른 지역에서도 주인 없는 묘에 몰래 묘지석을 파묻어두고 새롭게 찾은 듯 생색내며 조상 묘로 둔갑시키는 일, 또는 무연고 무덤을 두고 가문끼리 서로 조상묘라며 송사하는 일이 많아졌다. 물론 관아도 이런 문제로 골치 아파진다. 경주 부윤 김시형이 박씨 문중과 함께 여러 경주 고분에 이름을 정한 것도 경주 김씨와 경주 박씨 간 조상묘 정하기 다툼에서 나름 합의를 만들어낸 과정이었다. 그러나 이 과정에서도 소외된 성(性)이 있었으니 석씨가 그들이다. 이들은 당시에 힘 있는 집단이 없었기에 한동안 족보도 만들지 못했고, 당연히 왕릉 역시 단 한 개도 얻지 못하였다. 근현대 들어와 고분 10기에 더 이름이 붙여졌는데 그중에 석탈해 묘가 생기면서 비로소 석씨도 어엿한 조상의 묘가 생기게 된다. 결국 조상 묘를 정하는 것이 옛 기록이나 유적 유물의 조사 등이 기반이 되는 것이 아니라 가문의 힘이 강한지 약한지에 따라 결정되던 시절이었다.

상황이 이러하다는 것은 사실 경주 내 알 만한 사람은 다 알고 있으나, 그렇다고 고칠 수도 없는 상황이 되었다. 어쨌든 이름 없던 신라 고분에 이름이 정해진 지도 수백 년이 되면서 그 권위도 무시할 수 없게 되었으니 말이다. 하지만 이러한 조상 묘 정하기의 뜨거운 경쟁 속에서도 대릉원 등 경주시 중앙에 위치한 거대 고분들에는 아무도 관심을 가지지 않았으니, 이를 보아도 조선 시대에는 이들을 언덕으로 보았을 뿐 무덤으로 보지 않았음을 증명하고 있다.

각간묘의 진짜 주인은 누구인가

택시는 금세 태종무열왕릉 앞에 도착했다. 시계를 보니 오후 2시 40분이군. 정면으로 보이는 산이 선도산이다. 경주 하면 남산은 다양한 유적으로 가득한 곳이라 대중적으로도 워낙 유명하지만, 선도산은 그에 비해 유명세는 좀 못하다. 그러나 이 산 역시 들으면 누구나 알고 있는 이야기를 가지고 있다. 어디 한번 살펴볼까.

어느 날 김유신의 맏누이인 보희(寶姬)가 서형산(西兄山) 꼭대기에 올라 앉아 오줌을 누었는데, 그 오줌이 온 나라 안에 흘러퍼지는 꿈을 꾸었다. 그녀는 잠에서 깬 뒤 동생인 문희에게 꿈 이야기를 했다. 동생은 언니에게 꿈을 사고 싶다고 말하며 비단 치마를 주었다. 며칠 뒤 김유신이 김춘추와 축국(蹴鞠)을 하다가 김춘추의 옷고름을 밟아 떨어 뜨렸다. 김유신은 자신의 집으로 김춘추를 데리고 와서는 주연을 베풀며, 맏누이인 보희에게 옷고름을 달게 했다. 하지만 보희는 마침 일이 있어서 나오지 못하고 동생인 문희가 대신 나와서 바느질을 하였다. 김춘추는 그녀의 어여쁜 모습에 반하여 곧 청혼을 하여 결혼하였고, 그녀는 곧바로 임신해서 아들을 낳았다. 그가 바로 뒷날 문무왕이 되는 김법민(金法敏)이다.

《삼국사기》 문무왕 편

삼국사기에는 오줌을 눈 산 이름을 서형산이라 하는데, 이곳이 현재 선도산으로 고분과 불상 및 절터가 은근히 많이 남아 있다. 그만큼 신라 시대에는 의미 있는 지역이었다는 뜻이니 실제로도 태종무열왕의 능부터 법흥왕, 진흥왕, 진지왕, 헌안왕, 문성왕 등 여러 신라 왕릉이 자리잡고 있는 산이기도 하다. 물론 태종무열왕을 제외한 고분의 명칭은 정확한 것이 아니다.

더 분명히 말하자면 지금껏 신라 고분을 충분하게 감상한 눈으로 바라보면 현재 법흥왕, 진흥왕, 진

진흥왕(뒤), 진지왕(앞)이라 이름이 붙어 있는 산 위의 고분들에서 왕릉의 권위가 전혀 느껴지지 않는다. ⓒ Park Jongmoo

지왕, 헌안왕, 문성왕이라 이름이 붙어 있는 산 위의 여러 고분들에서 왕릉의 권위가 전혀 느껴지지 않는다. 결국 조선 시대 눈으로 맞춘 무덤이라 할 수 있겠다. 궁금한 사람은 직접 올라가보면 된다. 태종무열왕릉을 바라보고 오른쪽에 있는 길로 선도산을 15분 정도 올라가면 진흥왕릉을 만날 수 있다. 근처에 진지왕릉, 문성왕릉, 헌안왕릉이 모여 있다. 나도 이전에 기대하고 가보았으나 왕릉 느낌이 나지 않아 실망했던 기억이 난다. 그러니 왕복 40분 정도 거리이지만, 이번 여행에서는 포기.

대신 '각간묘'로도 잘 알려진 근처 김인문 묘에 들러 고분을 확인하고, 우선 이 고분의 수수께끼를 살펴본 뒤 태종무열왕릉으로 들어가기로 하자. 김인문은 태종무열왕의 둘째 아들이자 삼국 전쟁 시기 당나라 외교관으로 활동한 인물이다. 김인문 묘는 태종무열왕릉 바로 길 건너편에 있다. 높이 6.5m의 고분으로, 경주니까 상대적으로 작아 보이지 결코 작은 고분이 아니다. 근처에는 보물 70호인 경주 서악동귀부(龜趺)가 위치하고 있는데, 이 귀부가 김인문 묘로 결정하는 증거물이 되었다. 귀부는 비석을 꽂아두던 받침돌로 돌로 조각된 거북 형태로 만들어져 있다. 당시 당나라로부터 받아들인 문화로 알려졌는데, 어쨌든 사후 해당 인물에 대한 공적을 비석에 남김으로써 고분의 주인이 누구인지 알리고 공도 널리 기억되도록 만든 것이다. 자세히 뜯어보니 거북을 조각한 솜씨가 예사롭지 않다. 사실적으로 조각된 거북인데 얼굴이 좀 사나워 보인다. 발가락도 생동감이 있으면서 역시나 강한 느낌이 물씬 풍긴다. 삼국 통일 시기를 막 마무리한 시대의 작품인지라 그 힘이 고스란히 담긴 듯하다.

그러나 안타깝게도 비석이 있어야 할 부분이 비어 있다. 비석은 현재 국립경주박물관에 소장되어 있다. 태종무열왕릉 근처에 서악서원이라는 곳이 있는데, 1931년 이곳에서 김인문 비석이 일부 깨진 채 출토되었고, 이를 맞추어보니 귀부 구멍과 어느 정도 크기가 일치함이 밝혀지면서 김인문 묘로 비정된 것이다. 그 전에는 각간묘라고 알려지고 있어 오히려 김유신 묘로 추정되기도 했었다. 이유는《삼국사기》에 따르면 김유신이 죽자 문무왕이 장례를 크게 치르면서 관리에게 명하여 비를 세워 김유신의 공을 기리게 하라는 대목이 있기 때문이다. 즉 공이 새겨진 비석이 존재했을 귀부가 유독 이 묘에 존재하니《삼국사기》내용에 따라 김유신 묘가 아닐까, 하고 생각된 것이다. 따라서 김유신 묘라 알려진 고분이 따로 있음에도 불구하고, 오래 전부터 김인문 묘도 김유신 묘 중 하나로 알려지고 있었다. 오죽하면 각간묘라 하여 태대각간이었던 김유신을 의미하는 이름으로 고분이 알려졌을까.

뿐만 아니라 해당 고분이 김인문 묘가 아니라 김유신 묘라고 주장하는 학자들이 실제 존재한다. 일제 강점기 시절 일본인 학자들이 이런 주장을 했었고, 사학자 이병도는 1968년 논문을 통해 김유신 묘라 알려진 고분은 사실 신라 신무왕의 능이며 김인문 묘라 비정된 고분이 김유신 묘라고 주장하였다. 그의 주장에 따르면 서악서원 쪽에 김인문 묘가 있

경주 서악동귀부. ⓒ Park Jongmoo

었으나 봉분이 평평하게 무너지면서 사라졌고, 결
국 그 비석만 서악서원에 남아 근래 발견된 것이라
한다. 마찬가지로 이근직 교수도 《신라 왕릉 연구》
에서 현재 김유신 묘라 알려진 고분은 신라 경덕왕
의 능이며 김유신의 진짜 무덤은 김인문의 묘로 알
려진 고분이라 주장한다.

가만 보면 그럴 수도 있겠다는 생각이 든다. 태
종무열왕과 남달리 친밀한 관계였던 김유신이므로
그의 묘가 태종무열왕의 능 앞에 위치하면 신라인

의 관점으로 볼 때 이 역시 의미가 있으며, 당시 당나라 황제의 능처럼 황제 무덤 앞에 군신들의 무덤이 함께하던 배총(陪塚) 문화와도 연결이 된다. 태종무열왕은 당나라 문화를 받아들이는 데 힘을 쏟았으니 묘를 구성하는 방식도 영향을 받았을 가능성이 크기 때문이다.

뿐만 아니라 김인문 묘 옆에는 그보다 조금 작은 김양 묘가 존재하는데, 김양은 태종무열왕의 후손으로 장보고와 동일 시대에 활약했으며, 제 45대 신무왕을 왕으로 올리는 데 큰 공을 세운 인물이다. 사실 김양도 나름대로 유명한 인물이라 한때 김인문 묘를 김양 묘라고 보는 이도 있었으나 지금은 작은 묘에 김양이 묻힌 것으로 판단하고 있다. 김양은 특히 군사적 재능이 뛰어나 정부군을 여러 번 격파하여 자신이 모시던 인물을 최종적으로 왕으로 추대했으니 살아 있을 때 권력도 대단하였다. 이 인물 역시 김유신처럼 대를 이어 자신의 주군을 섬겼고 결국 왕으로 만들었으며 충성심과 정치력이 남달랐던 인물이다. 이에 사후 신라 왕에 의해 각간으로 추증되고, 장례 역시 김유신의 전례에 따라 했으며 태종무열왕릉 옆에 배총으로 장사를 지낸다. 그런데 김유신의 장례 절차와 같이 하라는 기록에 맞추어 본다면, 태종무열왕릉 앞에 나란히 배총되어 있는 김유신과 김양이 오히려 《삼국사기》 기록과 결과적으로 일치하는 것이다.

하지만 이야기는 딱 맞아떨어질지라도 근거가 확실한 증거에 해당하는 유물이 나온 것이 아니기 때문에 이 역시 하나의 설로 생각해야겠다. 오늘도 이처럼 김인문 묘를 보며 진짜 주인이 누구일까 고민한다. 물론 해답은 없으니 다음번에 또 와서 물어봐야겠다. 이제 이곳 주인공인 태종무열왕을 만나러 가보자.

추사 김정희와 태종무열왕릉

　　조선 시대 명필가로 유명한 추사 김정희가 32살 이었던 1817년, 그는 신라 시대 비석을 찾기 위하여 경주에 들렀다가 선도산 아래 태종무열왕릉을 방문 한다. 진흥왕의 무덤을 찾기 위해서였다. 이미 1816 년, 북한산 진흥왕 순수비(국보 3호)를 고증하여 무 학 대사를 기리는 비석이라는 기존 상식이 아닌 신 라 시대 진흥왕 순수비임을 밝힌 그였기에, 경주에 서도 그의 판단은 남다른 면이 보였다. 아참, 김정 희는 경주 김씨였기 때문에 더욱 김씨 왕이었던 진 흥왕에 관심이 많았던 모양이다.

　　여하튼 김정희는 이곳을 방문하여 조사한 후 다 음과 같은 글을 남긴다.

태종무열왕릉 위로 4개 고분이 있는데, 경주 사람들은 이를 조산(造山)이라고 하나 조산은 모두 능이다. 봉황대 동서쪽에 조산이 제일 많았는데 얼마 전 산이 하나 무너졌었다. 그 안에 깊이가 한 길 남짓 되는 검푸른 빛의 공동이 있어 모두 석축으로 되어 있었으니 이는 옛 시대의 왕릉이지 조산이 아니다. 이는 조산이 능이라는 하나의 증거이다.

태종무열왕릉 위로 4대 고분은 조산이 아니고 진흥, 진지, 문성, 헌안 네 분의 왕릉임을 알 수 있다.

〈신라진흥왕릉고(新羅眞興王陵考)〉

김정희의 왕릉 주장은 당시로는 상당히 파격적이고 앞서간 이야기였다. 오죽하면 태종무열왕릉 주변에 남겨진 크고 작은 고분들을 두고 조선 시대 가문끼리 서로 자신의 조상 묘라며 송사가 벌어질 때도 인공 언덕으로 평가되던 거대한 고분들(서악리 고분군)은 그 누구도 건드리지 않았던 시대였으니 말이다.

어느덧 세월이 흘러 추사 김정희가 선 자리에 동일하게 나도 방문하게 된다. 매표소에서 티켓을 끊고 들어가니 사람이 얼마 없어 조용하다. 이곳은 경주 시내에 있는 여러 고분들과 달리 위치가 조금 떨

서악리고분군이라 불리는 4개의 거대한 고분. 학자마다 의견은 분분하나 가장 위의 고분부터 법흥왕, 진흥왕, 진지왕, 태종무열왕의 아버지인 김용춘의 것이라 한다. © Park Jongmoon

어져 있어 사람이 적은 편이다. 사람이 없어 조용한 것이 경주 시내 고분들보다 운치 있어 보인다. 이런 고즈넉한 분위기가 좋아서 자주 방문하게 되는 장소이기도 하다. 걸어서 조금 들어가다보면 처음으로 보이는 고분이 있으니 이것이 바로 태종무열왕의 능이다. 높이 8.5m의 크기로 단단한 체구가 느껴진다. 경주 대릉원의 고분과는 조금 다른 맛이라 하겠다.

고분 바로 앞에는 역시 귀부(龜趺)가 자리잡고 있는데, 국보 25호다. 마찬가지로 비석은 사라졌으나 거북 모양의 받침대는 여전히 그 위용을 보이고 있다. 김인문 묘의 거북보다 훨씬 크고 강인한 모양이네. 특히 거북의 입 부분에 붉은 빛이 돌고 있어 묘한 느낌을 준다. 아무래도 돌의 붉은 색 부분을 조각 중에 부각시키려고 일부러 입 부분에 위치하도록 만든 듯싶다. 피를 뿜고 있는 분위기를 만들어내려고 했던 것일까? 역시나 삼국 말기의 치열했던 전쟁 시대를 반영하고 있는 것이겠지.

비석은 없지만 머릿돌 즉 이수(螭首)는 남아 있어 다행이다. 여기에 태종무열대왕지비(太宗武烈大王之碑)가 전서체로 남아 있어 태종무열왕의 비석임을 증명하고 있다. 결국 이를 통해 고분도 태종무열왕릉임을 알 수 있다. 이수 디자인은 용이 여의주를 들고 있는 모습으로 동시대 당나라의 것과 같은 디자인이다. 당시 신라에 미친 당나라의 문화 영향력이 느껴진다.

태종무열왕릉을 보고 나면 그 위로 고분이 쭉 이어져 있는데, 서악리고분군이라 불리는 4개의 거대한 고분이 줄 지어서 산등선을 타고 올라가듯 이어진다. 이것 역시 평지에 위치한 대릉원과 또 다른 장관이다. 대릉원 고분보다 조금 작으나 태종무열왕릉보다 훨씬 큰 4개의 고분이 줄지어서 언덕을 따라 자리 잡고 있으니 무언가 의미를 두고 만든 것이 아니겠는지? 그래서 학자들은 태종무열왕의 직계 조상들이 위치하는 것으로 파악하고 있다.

학자마다 고분의 주인에 대한 주장은 다르나 대충 가장 위의 고분부터 법흥왕, 진흥왕, 진지왕, 태종무열왕의 아버지인 김용춘이라 한다. 즉 이곳에 진흥왕의 능이 있다고 보는 것이다. 이 해석에 따르면 법흥왕, 진흥왕까지는 직계 자손 이동이다. 정확히는 진흥왕이 법흥왕의 조카이기는 하다만. 그러나 진지왕은 진흥왕의 둘째 아들로 왕이 되었으나 금방 폐위된 인물이며, 태종무열왕의 할아버지다. 진지왕의 아들인 김용춘은 문흥대왕(文興大王)으로 추증되나 실제 삶은 왕위 계승에서 밀려 견제를 받다가 아들인 태종무열왕이 신라 왕이 되면서 모든 고생을 보답받는 인물이다. 황룡사 9층 목탑이 선덕여왕 명으로 김용춘이 감독하여 만든 탑이다.

그렇다면 다음과 같은 해석이 가능하겠다. 법흥왕, 진흥왕까지 만들어져 있던 기존 왕릉에 태종무열왕이 왕위 계승 서열 1위가 되자 사전 작업으로 기존에 다른 곳에 묻혀 있던 진지왕을 옮겨와 이곳에 자리잡게 하고, 뒤이어 아버지 김용춘도 죽자 이곳에 능을 만든다. 그것을 산등선의 흐름에 따라 순차적으로 내려오도록 자연을 이용하여 세련된 형식으로 꾸민 것이다. 이로서 진골 출신의 태종무열왕이 왕계에는 성골의 피를 이어받고 있다는 것을 능의 배치를 통해 보여주며, 그 권위로 왕실의 힘도 유지되게 만들었다. 이처럼 진골 출신이 새롭게 신라왕이 되기 위해 다방면으로 고민했음을 알 수 있다.

그러나 이런 해석도 고분의 주인이 누구인지 정확히 알 수 없는 제한된 정보 안에서는 사실상 상상력에 불과한 이야기라 여겨진다. 그럼에도 불구하고 추사 김정희의 주장대로 최소한 진흥왕의 능이 이곳 4개 중 하나에는 분명히 존재할 것이라 생각되는군. 적어도 왕릉 같은 권위와 힘이 느껴지는 고분들이니까. 언덕 정상에 있는 고분까지 쭉 돌아보면서 나는 추사의 생각에 다시금 동의하고 있다. 이로써 삼국통일 시대 입구를 연 진흥왕부터 삼국 통일 업적의 일부를 세운 태종무열왕까지 만나보았다.

서악서원

자 고분 밖으로 나왔다. 참 근래 들어 이 주변도 게스트하우스, 펜션, 한옥 스테이 등이 서악서원을 중심으로 자리 잡으면서 꽤나 관광객이 많아진 느낌이다. 서악서원은 임진왜란 전인 1561년, 김유신의 위패를 모시는 장소로 만들어졌다. 이후 설총, 최치원 위패도 같이 모시면서 3명의 신라 위인을 위한 곳으로 이어지고 있다. 상당한 명성이 있었는지 조선 말 대원군이 서원 철폐를 시도하며 전국 서원을 대거 없앨 때도 살아남았다고 한다. 지금은 경주 관광 활성화로 인해 다양한 교육 프로그램을 운영 중인데, 나는 참가해본 적이 없지만 듣기로 반응이 꽤 좋다고 하더군. 과거 김인문 비석이 발견된 장소가 이곳이기도 하다.

한편 김유신 위패를 모시는 장소로 처음 시작하였기에 현재 김인문 묘를 김유신 묘로 주장하는 이들에게는 해당 서원의 위치도 중요한 증거 중 하나로 이야기되고 있다. 서원 위치가 현재 김유신 묘와는 거리가 있는 반면 오히려 김인문 묘와는 가깝기 때문이다. 즉 조선 전기에는 김인문의 묘를 김유신의 묘로 인식했던 것은 아니냐는 것.

고분을 보고 밖을 나왔으니 이제 다음 코스를 향해 이동해야겠군. 버스를 타고 가는 방법, 택시를 타고 가는 방법이 있는데, 외진 이곳에서는 버스가 기약이 없으니 택시를 타기로 한다. 택시도 사실 잘 오지 않으나 기술의 발달로 카카오택시를 사용하면 된다. 요즘 경주 여행은 한결 더 난이도가 쉬워진 느낌이다. 그럼에도 말이 안 통하는 외국인에게는 여전히 어렵겠지만, 스마트폰을 통해 내 위치를 문자로 보내고 조금 기다리니 택시 도착. 다만 택시 번호를 잘 확인하자. 내가 신청한 택시가 아니면서도 손님인 줄 알고서 서는 경우가 있으니까.

택시를 타니 기사님 왈 "황룡사지로 가시죠?" "네, 맞습니다." 현재 위치부터 도착 지점까지 어플을 통해 정해놓으니 이동하기 편하다. 다음 코스로는 황룡사지를 가보기로 한다. 서악리 고분에서 만난 진흥왕과 태종무열왕의 사이에 신라에서 어떤 일이 있었는지는 황룡사지를 가면 알 수 있다. 경주 여행을 하도 다니다 보니 관광 위치 선정은 내가 생각해도 참 잘하는 것 같다.

4

황룡사와 분황사

신라삼보 중 2개가 황룡사에

택시를 타고 쭉쭉 달려가는데, 현재 시간이 오후 3시 20분이다. 도착하면 3시 30분 정도 되겠군. 약 10여 분 정도 이동하는 동안 껌을 씹으며 황룡사에 대해 정리해보자.

황룡사는 신라 시대 대표적인 사찰로 그 면적이 불국사의 무려 8배였다고 한다. 경주에 수많은 사찰이 있었으나 국가 대표 사찰이라는 상징답게 평지에 넓게 위치한 거대 사찰이었다. 정복 군주였던 진흥왕 시절 궁궐을 만들려던 터에다 17년에 걸쳐 사찰을 만든 신라인들은 거의 100여 년을 이어가며 황룡사를 증축했으며, 선덕여왕 시절 그 유명한 황룡사지 9층 목탑이 완성되면서 그 업적이 마무리된다. 한 개의 거대한 목탑과 3개의 금당이 함께 있는 1탑 3금당 형식으로 무려 553년부터 645년까지 걸린 대사업이었다. 스페인 가우디 성당이 100년 넘게 만들어지고 있는데, 아마 비슷한 느낌이 아니었을까 싶다.

그런 만큼 엄청난 물건으로 가득했다. 신라삼보(新羅三寶)라 불리는 세 가지 신라 대표 보물 중 두 개인 장육존불(丈六尊佛)과 9층탑이 황룡사에 있었고, 시대를 대표하는 예술가인 솔거(率居)의 금당벽화도 이곳에 있었다. 새들이 진짜 나무인 줄 알고 벽에 부딪혔다는 일화가 솔거의 이야기이다.

특히 장육존불은 5m 크기의 금동불상으로 추정되며 황룡사 9층탑은 80m 높이의 거대한 탑이었다. 뿐만 아니라 황룡사에 걸린 종은 성덕대왕신종의 무려 4배의 구리가 동원된 거대한 종이었다고 한다. 모든 면에서 신라를 대표하는 최고 보물들이 존재한 장소였던 것이다. 현재까지 남아 신라를 대표하는 미(美)로 알려지는 석굴암이나 석가탑, 다보탑은 신라삼보 중에는 전혀 언급되지도 않고 있다는 점에서 얼마나 대단한 작품이었는지 상상을 하고자 해도 쉽지 않다.

또한 황룡사 강당에서는 당대 최고의 승려이자 현재까지도 한반도를 대표하는 최고의 승려인 원효가 설법을 하였으니, 지금은 듣고 싶어도 들을 수가 없는 강연을 접한 신라인들이 부럽게만 느껴진다. 이렇게 중요한 절인 만큼 신라 왕은 나라에 큰 일이 있거나 중요한 행사가 있으면 황룡사에 방문하였으며, 고려 시대까지도 그 명성이 이어져 큰 절로서 남아 있을 수 있었다.

이처럼 거대한 황룡사를 처음 짓도록 명한 진흥왕은 불교에 심취된 정도를 넘어 신라 왕실을 석가모니 일족의 재림이라 여겼던 인물로 지금 눈으로 보면 어쩌면 광적인 믿음을 가졌다고도 볼 수 있겠다. 물론 국왕 자신을 불교 속 전륜성왕과 동일시하여 불법을 지키는 수호자이자 정복자로서 알리는 것은 당대 중국에서도 보이는 모습이었다. 그러나 진흥왕은 여기서 더 나아가 금륜, 은륜, 동륜, 철륜으로 나뉜다는 전륜성왕 등급에 맞추어 자식의 이름을 동륜과 사륜으로 지었으며, 태자 동륜의 아들 이름은 백정(白淨), 며느리는 마야(摩耶)라 하여 실제 석가모니의 부모 이름과 동일하게 지을 정도였다. 손자가 부처의 부모이니 그 뒤에는 부처가 태어날 차례라는 의미였다.

뜻한 대로 손자 백정이 왕위에 올랐으니, 그가 진평왕이다. 하지만 진평왕은 딸만 있었기에 선덕여왕이 여자의 몸으로는 최초로 신라 왕이 된다. 이로

써 진흥왕 때부터 4대에 걸친 왕실의 쇼는 겉으로
보기에는 완전한 실패로 마무리된 것이다. 그럼에
도 선덕여왕은 부처의 꿈을 버리지 않았다. 여성이
불법을 열심히 지키면 도리천의 왕인 제석천의 아
들로 태어날 수 있다 하므로, 이에 여성 몸으로서의
이번 생애는 미래 부처가 되기 위한 준비 단계로써
인식하였던 것이다.

이처럼 거대했던 황룡사는 그 거대함만큼이나
남달랐던 정신 세계가 몇 대에 걸쳐 투입되어 만들
어진 사찰이었다. 즉 이전의 5~6세기 초반 마립간
시대 신라 왕들이 경주 중앙에 거대한 고분을 만들
어 자신의 힘을 과시했다면, 6~7세기 신라왕들은 평
지에 거대 사찰을 만들어서 왕가의 힘을 과시했다.
결국 진흥왕부터 선덕여왕까지 신라를 대표하는 성
골 집안의 불교 수호를 위한 자부심이 만들어낸 사
찰이었으니 모든 면에서 크고 아름다울 수밖에 없
었던 것이다. 그리고 성골 왕들은 이렇게 만들어진
황룡사가 자신들의 불법 수호 의식을 영원히 알리
며 지켜지길 바랐다. 지금은 역사의 상흔으로 황룡
사의 형태가 주춧돌 외에는 볼 수 없음에도 그때 명
성은 여전히 전설처럼 경주에 남아 있으니 어쩌면
성골 가문의 의도는 성공한 것인지도 모르겠다.

아 참, 오늘은 방문하기 힘들 듯하나 국립경주박

경주 낭산에 위치한 선덕여왕릉. © Park Jongmoo

물관에서 얼마 떨어지지 않은 곳에 '선덕여왕릉'이 있다. 선덕여왕릉은 산자락 위에 위치한 고분으로 과거 mbc 드라마 '선덕여왕'이 크게 흥행하면서 인기 관광 코스가 되었다.

사실 선덕여왕릉이 있는 곳은 낭산이라 불리는 104m의 나지막한 산으로 신라 시대에는 신성한 산으로서 숭배받았던 것 같다. 근처에는 선덕여왕 외에 신문왕릉, 효공왕릉, 신무왕릉, 사천왕사지, 문무왕 화장터 등이 위치하고 있으며, 그 외에도 사라진

사천왕사지. 사천왕사는 신라가 삼한일통의 마지막 위기, 즉 당나라와 국가의 존폐를 걸고 전쟁을 할 때 창건된 절로, 부처를 수호하는 사천왕이 모셔진 절이었다. 뒤로 보이는 산이 낭산이다. © Park Jongmoo

절터가 여러 곳 남아 있다. 결국 신라 전반기에는 평야인 대릉원이 주목받았다면 통일신라 시점에는 낭산 주변이 크게 주목받았던 것이다. 특히 낭산에는 선덕여왕과 관련한 재미있는 일화가 남겨져 있다.

선덕여왕이 죽기 전 "내가 죽거든 도리천에 묻어달라."고 유언을 한다. 그러나 신하들이 도리천이 어디인지 알 수 없어 어리둥절해하자 "낭산 기슭이 바로 도리천이다."라 말하였다. 얼마 뒤 여왕이 돌아가시자 유언대로 낭산에 여왕의 능을 만들었다. 그 후 30여 년이 지난 문무왕 시대에 선덕여왕릉 바로 아래에 사천왕사가 만들어지자 그제서야 사람들은 선덕여왕의 예언이 과연 맞았다며 놀라워하였다.

《삼국유사》 기이편

사천왕사는 신라가 삼한일통의 마지막 위기, 즉 당나라와 국가의 존폐를 걸고 전쟁을 할 때 창건된 절로, 부처를 수호하는 사천왕이 모셔진 절이었다. 정말로 사천왕사의 힘 때문인지는 몰라도 신라는 끈질긴 싸움 끝에 당나라와의 전쟁에서 승리하고 오랜 기간 한반도에 평화를 이룩할 수 있었다. 승리의 역사를 지닌 만큼 당연히 당대에는 대단히 중요시되던 절이었을 것이다. 그런데 불교 세계관에 따르면 사천왕이 거주하는 곳 위로 신들의 세계 도리천이 존재하니 여왕이 말한 도리천은 사천왕사가 세워짐으로써 더 명확해진 것이다.

하지만 도리천 설화에 대해 선덕여왕이 한 이야기가 아니라는 주장도 있다. 즉 문무왕이 당나라와의 결전과 함께 사천왕사를 세우는 과정에서 과거 성골 출신 여왕이 말했다는 예언과 맞아 떨어지는 기묘한 상황을 일부러 만들어냄으로써 신라인에게 용기와 의지를 부여했다고 해석하기도 한다. 결국 도리천이 경주에 있다면 부처의 나라가 곧 신라,라는 의미이니 전쟁에서 질 수 없다고도 해석할 수 있기 때문이다.

사천왕사는 이런 의미 있는 역사가 담긴 절이기 때문에 고려 시대까지도 번성하였으나 고려 후기 몽고 침입 후 폐사가 되었고, 조선 시대 때 한 번 더 중건되었지만 이번에는 임진왜란 이후 다시 폐사된 채 지금은 유적으로만 남아 이어지고 있다. 혹시나 이곳을 방문하고 싶은 사람은 사천왕사지, 선덕여왕릉을 함께 가보는 것이 스토리텔링으로 좋은 방법일 듯싶다.

국가 사찰은 이 정도는 되어야

  택시를 타고 도착한 장소는 '황룡사 역사문화
관'이다. 황룡사지 터 바로 옆에 위치한 박물관 형
식의 건물로 국립경주박물관 본관 건물과 유사한
형태의 건축물이 인상적이다. 다만 2016년에 개관
했기에 기둥을 감싸 안은 유리벽이 당당히 현대식
건물임을 알리고 있다. 전통 건축의 미감과 현대적
미감을 잘 조합한 형태라 느껴진다. 순전히 나의 생
각. 택시 기사님과 인사하며 헤어지고 티켓을 사서
내부로 들어가본다. 매표소에 가니 4인 가족이 나보
다 앞서 표를 사고 있군. 이 박물관은 크게 황룡사 9
층 목탑, 황룡사 이야기, 장육존불 복원품 등 3가지
이야기가 주요 테마로 구성되어 있다. 이 중 신라삼

보 중 하나이기도 한 황룡사 목탑은 황룡사의 주인 공인 만큼 엄청나게 공을 들여 설명하는 중이다.

황룡사 9층 목탑은 고려 시대 다음과 같은 시로 그 장대함을 확인할 수 있다.

層層梯繞欲飛空
萬水千山一望通
俯視東都何限戶
蜂穴果蟻穴轉溟

층계로 된 사다리 빙빙 둘러 허공에 나는 듯
일만 강과 일천 산이 한눈에 트이네
굽어보니 동도에 수없이 많은 집들
벌집과 개미집처럼 아득히 보이네

이는 12세기 활동한 고려 시대 문인인 김극기가 남긴 시로 그는 조선 시대 김삿갓처럼 전국을 방랑하며 시를 썼다. 그 어렵다는 과거에 합격했음에도 크게 벼슬에 관심 없던 것으로 보아 세상일에 초연하며 살았던 인물인 듯하다. 여하튼 그가 남긴 시 중 경주에 들러 황룡사에 올라갔던 내용이 있어 주목해보면 탑 내부가 사람이 타고 올라갈 수 있는 구조였음을 알려준다. 황룡사가 80미터에 다다르는 높이였으니 대략 30층 아파트와 비슷한 높이다. 반면 주변 건축물은 현재 건축물로 2층 정도가 90% 이상이었던 시대였음을 감안할 때 완벽하게 압도적인 높이였을 것이다. 이에 올라가서 내려다보니 아래 집들이 벌집이나 개미집처럼 보인다고 표현한 것이다. 지금 유사한 느낌을 받으려면 잠실 롯데타워 전망대를 가면 비슷한 감정이 생기지 않을까? 10~20층 아파트를 꼬맹이로 만드는 위용이니.

一層看了一層看
步步登高望漸寬
地面坦然平似削
殘民破戶平堪觀

한 층 다 보고 또 한 층 보면서
걸음걸음 올라 점점 넓게 바라본다
지면은 깎은 듯 평평한데
쇠잔한 백성의 무너진 집을 차마 볼 수 없네

이 시는 고려 시대 지눌 대사의 제자였던 혜심(1178~1234년)이 쓴 것으로, 역시 황룡사 탑이 한 층, 한 층 올라갈 수 있는 구조임을 이야기하고 있다.

이 부분을 이렇게 강조하는 이유는 일반적인 인

황룡사 9층 목탑의 1/10 모형. 8m 크기의 재현품임에도 그 위용이 대단
하다. 황룡사 역사문화관. ⓒ Park Jongmoo

식과 달리 목탑의 경우 사람이 올라가는 구조로 만든 것이 매우 드물기 때문이다. 즉 외부에서 볼 때는 3층, 5층, 9층 등 다층 형태로 보일지라도 내부는 한 통으로 구성되어 있어 안에서 천장을 볼 수는 있어도 걸어서 올라갈 수는 없다. 만약 사람이 올라갈 수 있게 만든다면 탑 또한 그만큼 더 육중해야 하며 공력도 훨씬 많이 들어간다. 이처럼 황룡사는 목탑 중에서도 난이도가 대단히 높은 건축물이었으며 밖에서 보이는 높이뿐만 아니라 탑 안의 높은 위치에서 밖을 볼 수 있다는 것으로도 보기 드문 대단한 위용을 보였으리라 생각된다.

육중한 탑의 위용은 이곳 황룡사 역사문화관에서도 확인이 가능한데, 9층 목탑을 1/10 모형으로 만든 것이 박물관 내부 중앙에 딱 위치하고 있다. 8m 크기의 재현품임에도 그 위용이 대단하다. 한국전통문화대학교 공방에서 연구 및 제작까지 8년에 걸쳐 만든 것으로 그냥 지켜만 보아도 엄청난 공력이 들어갔다는 것이 느껴진다. 꼭대기 상륜부를 가만 쳐다보니 목이 아프다. 나와 거의 함께 들어온 가족 팀도 이 재현품을 보며 감탄사를 보내고 있군. 초등학생쯤 되는 아이들도 신나하며 놀라워한다.

황룡사 9층 목탑은 백제 장인인 아비지(阿非知)와 태종 무열왕의 아버지인 김용춘이 200명의 장인을 거느리고 만들었다고 한다. 흥미로운 것은 재현품에도 그 인연이 이어지고 있다는 점이다. 바로 황룡사 9층 목탑 재현품을 연구하고 만든 한국전통문화대학교가 백제의 수도였던 부여에 있는 학교라는 사실이다. 이 부분이 묘하게 백제 장인 아비지와 연결되어 흥미롭게 느껴진다고 할까. 흠, 나만 그런가.

이렇게 신라 시대에 만들어진 황룡사 9층 목탑은 고려 시대인 954년, 벼락을 맞고 불타 사라지면서 약 300년 간의 생애를 마감한다. 그럼 역사책에서 배운 몽고 침입으로 불타서 없어졌다는 황룡사 9층 목탑은 과연 무엇이란 말인가? 몽고에 의해 불타 사라진 목탑은 고려 시대 때 복원한 황룡사 9층 목탑으로 고려 현종 때인 1012년, 이전에 벼락을 맞아 사라진 탑을 새로 올리며 만든 것이다. 다름 아닌 이것이 1238년, 몽고 침입으로 사라지게 된다. 결국 신라가 만든 탑은 300년, 고려가 만든 탑은 200년, 총 합쳐서 약 500년을 경주의 기둥으로 존재했음을 알 수 있다.

그렇다면 만일 몽고의 침입이 없었더라면 지금까지 탑이 남아 있을 수 있었을까? 사실 목탑의 가장 큰 약점은 화재인데, 높은 탑일수록 화재에 약할 수밖에 없다. 우선 불탔을 때 소방 기술이 부족했던 시대라 높은 부분일수록 물로 불을 끄는 것이 쉽지 않다. 또 한 가지는 유달리 높은데다 금속 장식품이 많이 달려 있어 번개의 공격을 자주 받음에도 이를 막아내기가 쉽지 않았다. 당시는 피뢰침이 없었던 시절이기 때문이다. 그래서 남아 있는 기록 속에서도 황룡사 9층 목탑을 보수했다는 내용이 유독 많이 남아 있으니, 몽고 침입이 아닐지라도 현재 시점까지 약 800년 가까이 더 버텨내기란 쉽지 않았을지도 모르겠다는 생각이 든다.

그래서 탑과 황룡사를 완전히 복원한다는 경주 쪽 계획에 나는 그리 마음이 다가가지 않는다. 먼 옛날 화려했던 시대가 사라진 쓸쓸한 유적지와 당시 화려함을 황룡사 역사문화관에서 보여주는 2중 체제로 황룡사의 의미를 알려주는 것이 더 자연스럽게 느껴진다고나 할까. 불국사, 동궁과 월지 등 재건된 지역도 많으니 이처럼 비어 있는 공간이 오히려 경주를 더 돋보이게 하는 장면으로 여겨진다. 단지 내 생각일 뿐이다.

장육존불을 만나다

　　이곳 황룡사 역사문화관에는 신라 3대 보물 중 하나였던 장육존불의 머리를 복원하여 전시하고 있다. 황룡사지를 발굴, 조사하는 과정에서 청동 나발(螺髮), 즉 부처의 머리카락 한 조각이 발견되었다. 이를 바탕으로 삼국 시대 부처의 얼굴 모양에 대입하니 머리 크기가 대략 어느 정도인가 측정이 가능했던 모양이다. 전시실에는 그 부처의 얼굴을 원래 크기 그대로 복원해놓았는데, 정말 어마어마하게 크다. 이 글을 읽는 분들도 직접 눈으로 보면 좋겠다. 부처 얼굴 복원품 뒤로는 패널로 장육존상과 16 제자상이 장식되어 있다. 단순히 패널로 제작한 모습임에도 당시 장육존불의 위엄을 그대로 느낄 수

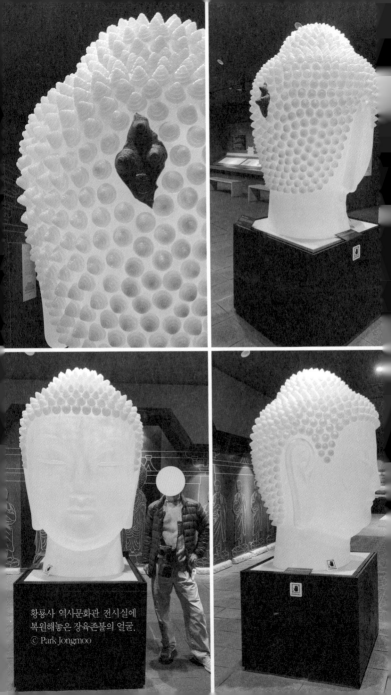

황룡사 역사문화관 전시실에
복원해놓은 장육존불의 얼굴.
ⓒ Park Jongmoo

있다. 또한 요즘 한국의 박물관 전시실의 전시 설명과 표현력이 갈수록 세련되어지고 있음을 느낀다.

장육존불에 대해 《삼국유사》에는 다음과 같은 이야기를 하고 있다.

신라 제24대 진흥왕 즉위 14년(553년) 2월에 용궁 남쪽에 장차 대궐을 지으려 하였는데, 황룡이 나타나므로 고쳐 절을 지었다. 이름을 황룡사라 하고 569년에 이르러 담을 쌓아 17년 만에 완성하였다. 그 얼마 후에 바다 남쪽에서 커다란 한 척의 배가 오더니 신라에 닿았다. 이 배를 검사하니 글이 발견되었는데 이렇게 적혀 있었다.

"서축 아육왕(阿育王)이 황철 5만 7000근과, 황금 3만 푼을 모아 장차 석가의 존상 셋을 부어 만들려고 하다가 이루지 못해서 배에 실어 바다에 띄우면서 빌기를, 부디 인연 있는 땅으로 가서 장육존상을 이루어주기 바란다." 그리고 부처 하나와 보살상 두 개의 모형도 함께 실려 있었다.

현의 관리가 문서를 보고하니, 왕은 사자를 보내어 그 고을 성 동쪽의 높고 깨끗한 땅을 골라서 동축사를 세우고, 세 불상을 편안히 모시게 했다. 그리고 그 금과 쇠는 서울로 보내서 진흥왕 35년(574년) 3월에 장육존상을 부어 만들었는데 공사는 빠

르게 이루어졌으며, 그 무게는 3만 5007근으로 황
금 1만 109푼이 들었고, 두 보살상은 쇠 1만 2000근
과 황금 1만 136푼이 들었다.

《삼국유사》황룡사장육(皇龍寺丈六)

이 이야기 속 아육왕은 인도 마우리아 왕조의 아
소카왕을 의미한다. 기원전 3세기 인물인 아소카왕
은 위대한 정복 군주로서 최초의 인도 통일을 이룩
하였으나 전쟁의 참화에 크게 참회한 뒤 불교에 귀
의한다. 이후 최선을 다해 부처의 가르침을 인도 전
역에 알린다. 불탑을 세우고 승려들을 전국으로 보
냈으니 이처럼 마우리아 왕조의 보살핌 아래 불교
는 세계 종교로 올라설 수 있었다. 마치 기독교가
로마의 공인 아래 로마의 시스템 아래에서 엄청난
속도로 세계화한 것과 유사한 모습이다.

이로서 성공한 불교 군주로서 첫 자리매김한 아
소카왕은 이후 전륜성왕의 모델이 되면서 영원히
사라지지 않을 전설적인 이미지를 갖추게 되었다.
그리고 그 영향은 몇 백 년에 걸친 불교의 가르침과
함께 중국의 황제, 삼국 시대 왕들도 아소카왕을 본
떠 전륜성왕이 되어 위대한 정복왕이자 부처의 가
르침을 전 국토에 알리려는 사명감을 가지게 된다.
그렇다면 《삼국유사》 속 아소카왕이 800년의 시차

와 공간을 넘어 진흥왕에게 석가삼존상을 만들도록 연결하는 장면은 진흥왕이 또 다른 전륜성왕이자 아소카왕이 되고자 했음을 보여준다.

장육존불의 대좌 크기는 160cm이며 부처 옆에 위치하는 협시보살의 대좌는 90cm로 청동대좌를 움직이지 않도록 꽂았던 거대한 받침돌이 황룡사지 터에 여전히 남아 있기에 해당 부처의 크기에 대해 충분히 상상해볼 수 있다. 5m 정도의 신라 최대 금동불상이었다는 것도 불상 크기에 대해 남아 있는 기록과 함께 이런 증거물이 있기에 계산이 가능한 것이다. 여기다 삼존불 이후 진평왕 6년(584)에 황룡사 중금당이 완성되자 16구의 제자상이 추가되었고, 이로서 완벽하게 신라를 상징하는 부처 조각으로서 자리잡는다. 현재는 2개의 돌은 사라지고 총 17개의 받침돌이 남아 있다.

한편 아소카왕의 전설이 진흥왕에게 연결되어 장육존불을 만들었다는 기록은 근현대 들어와 다양한 연구를 통해 재해석되고 있다. 이를 통해 사라진 장육존불의 형태가 어떤 모습일지 구체적 이미지도 만들 수 있기 때문이다. 흥미로운 사실은 신라에서 이런 사건이 생기기 전 중국에서도 이미 아소카왕 전설이 인기였다는 점이다. 중국 기록에 따르면 아육왕(아소카왕)이 만들었다는 불상이 중국에 전해진 뒤 일어난 여러 기적이 남겨져 있다.

예를 들어 아소카왕이 만든 인도 불상이 물속에서 빛을 발하여 중국인들이 모셔왔는데, 그 불상은 국운에 중대한 일이 있을 때마다 땀을 흘리거나 스스로 걸어 법당 밖으로 나오는 기적을 보였다는 내용이다. 황룡사 장육존불이 눈물을 흘린 이듬해 진흥왕이 죽었다는 기록과 언뜻 유사함을 보인다. 그리고 이 시점 즉 6세기 중후반 중국에서는 이국적인 용모의 불상이 대거 제작되었으니 인도 굽타 양식의 영향을 받아 옷 주름과 얼굴 등에서 새로운 인도 불상 형태가 유입된 것이다.

불교의 기원이 인도였던지라 인도에서 불교세가 약해질 때까지 중국과 한반도에서 인도의 영향력은 꾸준히 지속되었다. 굽타 왕조는 사실상 인도에서 불교세가 마지막 힘을 내던 때로, 그 뒤로는 힌두교가 절대적으로 우세하게 올라서면서 불교는 그 힘을 잃게 된다. 그러자 중국과 한반도에서는 선(禪)불교가 발달하며 인도 불교와 구분되는 동아시아 불교가 자리잡게 된다. 여하튼 아잔타 석굴, 엘로라 석굴 등이 굽타 불교 미술의 정수로 꼽히는데, 이와 같은 굽타 미술이 중국으로 건너오면서 인도인처럼 생긴 이국적인 부처가 잠시 인기를 얻었던 것이다. 이에 중국에서는 인도의 전설적 불법 수호 왕이었던 아소카

이름으로 이들 인도식 부처 조각을 해석하면서, 새로운 미술 분위기에 권위를 부여했음을 알 수 있다.

그것이 시간차를 두고 신라에도 그대로 영향이 이어져 아소카왕의 전설이 깃든 장육존불이 만들어졌으니, 그렇담 혹시 중국처럼 인도인 모습의 부처였을지도 모르겠다. 물론 인도, 중국, 한반도로 건너오면서 본연의 형태, 즉 인도색이 많이 약해졌을 가능성도 있다. 얼굴은 한반도 얼굴, 옷은 인도 영향을 받은 형태였을까. 장육존불도 이미 몽고 침입 때 황룡사가 불타면서 함께 사라졌기에 그 모습은 상상 속에서 여러 예를 들며 그릴 수밖에 없겠군. 인도인 얼굴이었을까? 동아시아 또는 신라 얼굴이었을까? 오늘도 몹시 궁금해진다.

분황사에 남아 있는 전설

황룡사역사문화관 2층 전망대에서 황룡사 터를 잠시 본 후 내려와 다음 목적지인 분황사로 걸어간다. 황룡사가 진흥왕과 선덕여왕의 전설이 함께하는 절이라면 분황사는 선덕여왕이 만든 절이다. 황룡사역사문화관에서 걸어서 10분 정도면 도착하는 분황사는 아담한 형태의 절이다. 입구부터 아담하고 절에 들어와도 아담하다. 시계를 보니 4시 40분, 국보 30호 분황사 모전석탑이 과거의 영광을 숨긴 채 나를 반겨주고 있네.

그러나 신라 시대에는 분황사가 결코 지금처럼 작은 곳이 아니었다. 발굴 조사에 따르면 분황사는 회랑으로 둘러싸인 동서 너비가 138.4m로 황룡사

176m와 비교하여 면적으로 볼 때 황룡사의 60% 정도였음을 알 수 있다. 만만치 않은 크기다. 건물 배치도 역사의 흐름 속에 크게 달라졌다. 신라 시대에는 현재 빈 공터로 되어 있는 장소에 3개의 큰 건물이 올라서 있었고 탑도 현재의 9.3m 높이의 3층이 아닌 9층으로 20m 이상 높이였기 때문에 절 안에 들어오면 뭔가 꽉 차는 느낌이었을 것이다.

지금은 1680년에 만들어진 보광전(普光殿)이라는 작은 건물이 모전석탑 앞에 위치하고 있을 뿐이라 신라 시대의 위용은 상상으로 그려내야 한다. 신라 시대에는 보광전 건물이 없었으니 우선 머릿속에서 지우자. 다음으로 보광전 바로 뒤편으로는 보광전 5배 면적의 중앙 금당이 위용 넘치게 서 있었고, 보광전 좌우로는 각각 보광전 3배 면적의 금당이 서 있었으니 눈을 감고 한 번 그려보자. 자, 신라 시대 분황사의 중심이었던 3개 금당이 떠오르는지? 황룡사처럼 역시나 1탑 3금당 형식이다. 잘 상상해보자.

눈을 뜨고 이제 분황사 모전석탑을 지켜본다. 분황사는 '향기로운(芬) 임금(皇)의 절(寺)'이라는 뜻이다. 《삼국사기》에 따르면 당나라 황제 태종이 보내온 모란꽃 그림을 보고 공주 시절 선덕여왕이 "꽃은 비록 고우나 그림에 나비가 없으니 반드시 향기가 없을 것이다"라 하였는데, 씨앗을 심어 본즉 과연 향기가 없었다. 이에 모두들 선덕여왕의 영민함에 탄복하였다고 한다. 그러나 일화의 논리적이고 명민한 모습과 달리 그림에 나비가 없는 것을 선덕여왕은 자신이 배우자가 없음을 당 태종이 조롱한 것이라 여겨 예민하게 느꼈던 것 같다. 오죽하면 왕에 즉위한 후 3년 된 해(634년)에 준공된 절 이름을 '향기로운 임금의 절'로 지었을까?

모전석탑은 현재 3층밖에 남지 않았으나 그럼에도 담백하고 격조 있는 모습이 매력적이다. 모전석탑(模塼石塔)을 한문 그대로 해석하면 '모(模), 모방한' '전(塼), 벽돌' '석탑(石塔), 돌탑'으로 '벽돌을 모방한 돌로 만든 탑'이다. 결국 목표는 벽돌 탑을 모본으로 하여 제작했음을 알 수 있는데, 한반도에는 벽돌 탑이 거의 보이지 않으나 중국에서는 큰 인기리에 만들어진 탑 형식이었다. 하지만 당시 기술로는 벽돌을 만드는 것이 기술적으로나 비용으로 볼 때 만만한 일이 아니었다.

벽돌을 만들려면 질 좋은 정제된 흙을 모아 건조하여 가마에 넣어 구워야 한다. 땔나무가 많이 필요할 수밖에 없다. 벽돌로 만든 것으로 유명한 백제 무령왕릉의 경우 총 7927점의 벽돌이 들어갔는데, 이를 위해 약 1700바리의 땔나무가 필요했을 것으로 추정하고 있다. 바리는 소나 말의 등에 잔뜩 실은 짐을 세는 단위로 소 1700마리의 등을 땔나무로 가득 채워야 무령왕릉 벽돌 숫자가 맞춰진다는 의미다. 어마어마한 공력이다. 그렇다면 분황사 모전석탑을 만일 벽돌로 만든다면 무령왕릉 몇 배 이상의 벽돌이 필요할 테니 땔나무가 얼마나 필요하다는 것인지 손이 떨려 감히 계산을 못하겠다.

물론 벽돌 탑이 신라 시대에 전혀 없었던 것은 아니다. 경주만 하더라도 과거 여러 장소에 벽돌로 지은 탑이 존재했다고 하며, 그 외의 지역에도 통일신라 시대에 만든 전탑이 존재한다. 하지만 대부분 크기에 한계가 있다. 재료인 벽돌 생산의 한계 때문이다. 결국 분황사는 벽돌 생산에 한계가 있어 적당한 합의 끝에 돌을 벽돌 모양으로 깎아 만든 것이 아닐까 싶다. 이렇게 돌로 탑을 만들면서 의도치 않게 얻은 타이틀이 있는데, 신라 최초의 석탑이라는 타이틀이 그것이다. 지금까지 남아 있는 유적이나 흔적 중 신라에서 가장 이른 시기에 돌로 만든 탑이 분황사 모전석탑이란 의미다. 다만 후대의 3층 석탑과는 족보상 동일한 계통은 아니다.

한편 분황사는 원효와도 큰 인연이 있는 장소다. 우선 원효가 남긴 위대한 책 대부분은 그가 분황사에 있을 때 집필되었다. 다음으로 686년, 그가 입적하자 아들 설총은 원효의 시신을 다비한 뒤 그 유골과 진흙을 섞어 원효의 모습을 한 상(像)을 만들어 분황사에 모셔두었다고 한다. 그런데 설총이 원효 상을 안치해두고 절을 하자 원효의 상이 갑자기 뒤를 쑥 돌아봤다는 것이다. 실제로는 설총이 고개를 뒤로 쑥 돌리는 형태로 조각했던 모양인데, 당연히 보기 드문 조각 방식이라 대단히 인상적인 작품이었나보다.

후학 의천은 다행히 숙세의 인연이 있어 일찍이 불법을 사모하고
선대의 현철(賢哲)들의 글을 살펴보았지만,
원효성사보다 높이 뛰어난 이가 없었습니다.
더구나 미묘한 가르침의 말씀이 잘못 전해옴을 가슴 아파하고,
지극한 도가 점차 쇠퇴해짐을 안타깝게 여기어 멀리 명산을 찾아
잃어버린 저술을 구하고자 두루 다니다 오늘 계림의 옛 절 분황사에서
다행히 생존해 계신 듯한 모습을 우러러 뵈오니,
옛날 부처님께서 처음 설법하시던 영축산의 법회를 만난 듯합니다.

대각국사문집(大覺國師文集) 권 16,
제분황사효성문(祭芬皇寺曉聖文)

고려 시대 의천 대사(1055~1101년)는 원효 대사 조각상을 만난 직후 감격하여 글을 지었다. 그가 분황사에서 생존해 있는 듯한 원효의 모습을 보았다니, 이것이 바로 설총이 만든 원효 조각상이었던 것이다.

합천 해인사에는 국보인 건칠희랑대사좌상(乾漆希朗大師坐像)이라 하여 10세기 중엽에 만들어진 승려의 진영(眞影)이 있는데, 살아 있을 때 모습으로 조각해 후대에 남긴 작품이다. 한국에는 현재 희랑대사 조각만 이런 형식으로 남아 있으나, 중국, 일본에는 당대 유명한 승려의 살아 있을 때 모습 조각이 굉장히 많이 남아 있다. 아마 원효도 그랬던 것처럼 신라 시대에도 많은 승려가 비슷한 형식의 조각으로 만들어졌을 텐데 남아 있는 것이 부족해 아쉬움이 남는다. 원효 대사 상은 의천 대사 언급처럼 고려 중기까지만 해도 남아 있었으나 몽고에 의해 황룡사, 분황사가 불타면서 사라지고 말았다.

한편 추사 김정희도 이곳에 기록을 남겼다. 고려 시대에 세워진 화쟁국사비(和諍國師碑)라 불리는 원효를 기리는 비석을 김정희가 경주에 들렀을 때 확인하고, 받침돌에 관련 글을 새겨두었던 것이다. 추사는 참 알찬 신라 여행을 하신 듯하다. 비석은 안타깝게도 사라지고 비의 받침돌만 남았으나, 이 역시 원효의 흔적이 담긴 조각이라 하겠다. 자, 이제 슬슬 경주 풍경을 감상하며 걸어서 경주역까지 가보기로 하자.

5

경주의 야경

경주역 앞 오래된 탑에게 인사를 하고

　30분 정도 걷다보니 어느새 5시 40분쯤 되어 경주역에 도착한다. 경주역은 경주 시내에 있는 기차역으로 나름 오랜 기간 교통의 중심지로서 그 역할을 톡톡히 한 곳이다. 그러나 2021년을 기점으로 KTX신경주역에 기차 노선의 모든 것을 옮겨주고 폐역이 될 예정이다. 어쨌든 교통의 요지 역할을 오랜 기간 해와서 그런지 번화가가 되어 이 주변으로는 시장, 숙박 시설, 은행, 빌딩, 그리고 오래된 탑도 있다. 엉? 오래된 탑? 그렇다. 탑이 있다.

　경주 황오동 삼층 석탑이 그것으로 본래 위치는 경주 사자사터에 무너져 있었던 것을 1936년 옮겨와 경주역에 세운 것이다. 경주역 광장 한쪽에 위치하고 있음에도 맞은편 길에서조차 나무로 가려져 자세히 살펴보지 않으면 잘 보이지 않는다. 일부러 찾아보면 보이는데, 크게 관심 없이 보면 보이지 않는달까? 처음 의도야 경주역을 새로 만들면서 랜드마크 형태로 다른 지역에 있던 탑을 하나 옮겨온 듯한데, 시간이 한참 흘러 주변에 빌딩이 생기고 나무도 울창해지자 의도와는 다르게 점차 숨어 있는 탑이 되고 만 것이다. 한 장소에서 근현대 도시 변화를 이겨내며 얌전히 자리를 지키고 있는 황오동 삼층 석탑이 맘에 들어 때때로 이 주변을 들를 일이 있을 때마다 잘 있는지 인사하러 간다. 비록 완벽한 비례와 귀족적인 맛이 느껴지지 않는 순박하고 대중화된 형식을 보여주는 탑이지만 그래서일까? 더 친밀하게 느껴진다.

탑과의 아주 짧은 만남을 끝내고 이제 저녁을 먹어야 하니까 길 건너편 내가 좋아하는 음식점으로 발걸음을 옮긴다. '원조할매국밥'. 사실 경주는 대단히 유명한 관광지이나 이상하게 맛집은 찾기 힘들다. 경주에 강연하러 갔을 때 강연 관계자와 함께 주변 음식점에서 밥을 먹어봐도 맛있게 먹은 기억이 드물다. 다만 경주 소고기는 참 맛있는데, 비싸기도 하고 혼자 먹기는 좀 그렇다. 내가 여행 오면서 일부러 김밥을 싸 오는 것도 시간을 아끼려는 마음도 있지만, 가게 찾는 것이 귀찮아 그런 면도 없지 않다. 그 정도로 음식점 찾는 일이 까다로운 곳이 경주다. 그래도 요즘은 황리단길 주변으로 서울이나 부산 등 대도시에서 볼 수 있는 젊은 맛집 가게가 늘고 있다는데, 한 번 가봐야지 하면서도 기회가 안 생기네.

사실 '원조할매국밥'은 경주역 앞에 있는 24시간 해장국 집이다. 어느 날 경주 여행 중 배가 고파 돼지국밥이나 먹을까 싶어 들어갔다가 단골이 되었다. 고향이 부산이라 돼지국밥을 좋아하는데, 부산을 제외하고 가장 맛있게 돼지국밥을 하는 집이 이곳이 아닐까 싶다. 이 가게 메뉴에서 돼지따로국밥은 밥이 국과 따로 나오는 형식이고, 돼지국밥은 국밥 안에 밥이 들어간 채 나오는 형식이다. 둘 다 맛있다. 가격은 돼지따로국밥이 조금 비싸지만, 맛의 차이는 잘 모르겠다. 취향의 차이일 뿐. 경험에 따르면 보통 돼지국밥을 잘하는 집이 순대, 수육도 잘하는데, 돼지국밥을 먹고나면 배가 불러 다른 음식에 도전해본 적이 없다. 이 부분이 매번 아쉽지만 오늘도 나는 메뉴도 보지 않고 돼지국밥을 시킨다.

국밥이라 빨리 먹고 나왔다. 아침에 버스를 타고 경주에 도착하여 국립경주박물관, 고분, 태종무열왕릉, 황룡사지, 분황사 등을 구경한 것이니 나름 알차다고 여겨야 하나? 경주역에서 시외버스터미널까지 걸어서 30분 정도 걸리니 이번에도 걸으며 경주 풍경을 눈에 담는다. 걷다보니 왼쪽으로 쪽샘 유적 발굴관이 보이는군. 대릉원 동쪽에 위치한 주택들을 대거 이전하고 그 지역을 조사하면서 여러 고분의 흔적을 발견하게 되어 그중 일부를 발굴 형태 그대로 전시해둔 장소이다. 운영 시간이 오후 5시 30분까지라 이미 문은 닫혔다. 어느새 시간은 6시 40분을 넘어가고 있고. 버스나 택시를 탈걸 괜히 걸었나?

슬슬 급한 마음이 생겨서 그런지 조금 빠른 걸음으로 움직인다. 대릉원과 봉황대 사이로 걸어가다 큰 길을 건너 시외버스터미널 방향으로 가다보면 온갖 숙박 시설이 등장한다. 모텔, 게스트하우스, 원룸 등등 어마어마하게 이 주변에 모여 있다. 그런데 시외버스터미널까지 이동 중 보이는 음식점은 가능한 가지 않는 것이 좋겠다. 경험상 맛과는 좀 거리가 있었다. 이곳만 그런 것이 아니라 대부분의 종합터미널 근처 음식점은 맛에서 큰 보장을 못한다. 어쨌든 시외버스터미널에 도착하니 사람들이 바글바글하다. 돌아가려는 사람들로 유독 붐비는 시간이기도 하다. 시계를 보니 출발하려면 이제 5분 정도 남았네.

이때 하늘이 점차 어두워지는 분위기를 보니 갑작스럽게 야간에만 볼 수 있는 경주가 생각나기 시작한다. 야간에 멋진 곳으로 첨성대도 있고, 월지도 있고, 반월성도 있지. 요즘 당일치기로만 경주를 오다보니 경험한 지 오래된 구경 거리이기도 하다. 그래! 결심했어. 그냥 1박을 하자. 음, 좋다. 야간 구경을 하자. 갑자기 올라오는 두근두근한 감정에 매표소로 가서 표를 환불한다. 그리고 다음날 오후 7시 표로 바꾼다. 갑자기 24시간이 다시 충전되었다. 여행하다보면 종종 이럴 때가 있다. 무계획이 계획이 되는 것, 이게 국내 여행의 묘미지.

야간 경주 구경과 첨성대

　'야간 경주 여행'은 나름 관광을 위해 경주시에서 야심차게 운영하는 프로그램 중 하나다. 오래전 경주 관광 관련하여 오랫동안 터줏대감처럼 활동해온 경주 분과 대화할 기회가 있었는데, 유적지에 조명으로 예쁜 빛을 쏘아 밤 볼거리를 만든 건 경주에서 시작되었다고 한다. 이것이 반응이 좋게 나오자 서울에서도 배워가 궁궐, N타워 등에 조명으로 장식하기 시작했고, 그 이후에는 전국적으로 야간 조명을 통한 관광 개발이 이어졌다고 한다. 관광 산업에 대한 다양한 아이디어가 적극 도입되는 공간도 경주라는 생각이 든다. 그럼에도 외국인 관광객을 위한 버스 영어 안내 시스템은 왜 이리 더

딘지 모르겠다.

경주의 야간 프로그램은 꽤 다양하다. 야간 도슨트 프로그램도 있고, 야간에 주요 유적지를 도는 관광버스 시스템도 있다. 유적지에서의 음악회도 있다고 하는데, 나는 성격이 워낙 급해서 음악을 들으며 여유 있게 경주 여행을 즐긴 적은 없었다. 여하튼 덕분에 야간 경주 여행은 경주의 또 다른 반전 매력을 보여주는 경험을 하게 해준다. 낮뿐만 아니라 경주의 밤까지 봐야 나름 경주를 끝까지 보았다고 할 수 있겠다. 주관적인 생각이지만 일본 교토와 비교해도 야간에도 볼 것이 있다는 점은 엄청난 장점일 듯싶다. 교토는 야간이 되면 볼 것이 거의 없다. 또 외국인을 상대로는 한국의 안전함을 상징하는 여행 코스가 될 수도 있겠다. 야간에 이렇게 마음껏 돌아다니는 문화가 한국, 일본, 대만 외에는 별로 없다 하더군. 그런데 야간의 화려함은 3국 중 한국이 최고지.

오늘의 남은 일정을 간단히 정하기로 했다. 첨성대, 반월성, 동궁과 월지 정도만 돌아보기로 한다. 시외버스터미널에서 첨성대까지 가려면 택시, 걷기, 버스 세 가지 방법이 있다. 물론 각기 장단점이 있다. 우선 택시를 타면 5~10분 정도 걸린다. 반면 택시비가 4000원 정도 나오지. 두 번째 첨성대까지 그다지 먼 거리는 아니니 걸으면 30분 정도 걸린다. 최근 들어 인기라는 황리단길 구경을 하면서 대릉원을 지나 첨성대로 가면 끝. 그러나 이쯤 되면 오후 내내 여행을 즐긴 내 몸이 한계에 도달하여 첨성대까지는 어찌어찌 보더라도 월지, 반월성 구경은 힘들 수도 있다. 세 번째, 버스를 타면 대부분의 버스가 직선으로 가지 않고 도시를 빙 돌아서 첨성대 쪽으로 가기 때문에 실제 시간은 버스 정류장까지 걷는 시간 포함 30분 정도 걸린다. 앉아 가니 체력 보충은 조금 될지 모르나 시간 면에서 볼 때 큰 매력은 없다. 머릿속에서 이렇게 빠르게 계산을 하고 결정한다. 이번엔 택시다.

택시는 언제나 시외버스터미널 옆에 줄서서 손님을 기다리고 있다. 가장 앞에 있는 택시를 타고 "첨성대까지요."라고 이야기하니 "첨성대 근처까지 간 후 걸어가야 합니다."라고 답하는 택시 기사님. 첨성대로는 차가 못 들어가기 때문이다. 오케이, 가는 거다. 역시 택시를 타고 달리니 쭉쭉 빠르게 지나간다. 다만 오늘은 평일이라 택시도 빠르게 움직이지 주말에는 택시를 탔다가 낭패볼 수도 있다. 주말 저녁이 되면 야간 유적지를 구경하려는 차량, 집으로 돌아가려는 차량 등이 뒤섞여서 좀처럼 속도를 내지 못하기 때문이다. 그러나 안심했던 것도 잠시. 첨성대로 가까이 갈수록 차가 막히기 시작한다. 계산 착오가 생긴 것 같다. 평일에도 이리 밀리다니. 하염없이 올라가는 미터기를 보고 대충 가까이에서 내린다.

대릉원 입구 주차장 근처에서 내리니 7시 20분을 넘어간다. 역시나 주차장은 이미 만원인데, 그럼에도 자동차들이 밀려들어오고 있어 주차장 관리인들이 무척 바쁘다. "다리로 걷는 것이 편하구나. 경주는 걷는 것이 매력이지."라는 생각을 하며 첨성대를 향해 걸어가니 이미 야간 첨성대를 보려는 사람들로 주변은 가득하고 반월성 앞 고분이 있는 평지를 따라 사람들이 첨성대로 몰려오고 있는 것이 보인다. 첨성대의 화려한 야간이 곧 시작된다는 의미다.

일몰 시간마다 조금씩 다르지만 어느 정도 해가 지는 분위기가 조성되면 첨성대 주변에 설치된 LED 등에서 빛이 나와 첨성대를 비춘다. 이렇게 현대 기술을 통해 핑크빛으로 물든 첨성대가 보이는 순간 휴대폰을 꺼내 사진을 찍느라 바쁜 사람들. 나 역시 추억을 위한 사진을 하나 찍고 만족스러운 표정으로 다가가 핑크 첨성대의 위용을 살펴본다. 한때 첨성대는 입장료를 받았으나 굳이 표를 끊지 않아도 낮은 울타리 바깥에서 구경하면 그만이었기에 한동안 왜 표를 받는지 알 수 없는 유적지로 꼽히기도 했다. 이런 분위기 때문인지 어느 순간부터 무료 관광지로 바뀌었고 울타리 안으로 자유롭게 들어오게 되면서 더욱 친숙한 유적지가 되었다.

국보 31호인 첨성대는 현존하는 세계에서 가장 오래된 천문대로 알려지고 있다. 잘 알다시피 《삼국유사》에 따르면 선덕여왕 시대에 이 건축물을 만들었다고 하는데, 점성대(占星臺)라는 표현도 《삼국유사》에 나오고 있어 한자 해석상 점이나 제사를 보던 공간이라는 느낌도 들게 만든다. 실제 이 건물이 어떤 용도로 쓰인 것인지는 구체적 기록이 없어 알 수가 없다. 다만 오래 전부터 별의 움직임을 관찰하는 천문대로 인식되어졌고 지금도 그렇게 인식하고 있다. 물론 단순히 그렇게 보기에는 여전히 수수께끼가 많아 현대 들어와 관련 해석도 너무나 많아졌다. 이 중에는 수학적 계산으로 첨성대를 해석하는 방법도 있는데, 읽다보면 머리가 복잡해지기도 한다.

그런데 나는 이 건축물을 보면서 매번 신라 토기가 생각난다. 신라 시대 고분에서 출토된 유물 중 제기가 있는데, 원통형 기대(器臺)라는 물건들이 특히 첨성대와 닮았다는 느낌이 든다. 제기로 만들어진 이들 그릇은 목이 길어서 묘한 미감을 느끼게 만드는데, 백제에서 크게 유행한 제기 그릇이 가야, 신

현대 기술을 통해 핑크빛으로 물든 첨성대. ⓒ Hwang Yoon

라에도 영향을 주어 5세기 이후 경상도 지역에서 특히 많이 만들어졌다. 무엇보다 목이 길다. 바닥에서 위로 올라갈수록 의미가 있었던지 목이 남다르게 긴 토기가 참 많다. 삼국 시대에는 이 위에 일반 그릇을 올려 제사를 지낸 것이다. 높은 권위를 의미하는 그릇으로 권력자의 무덤에서나 등장하는 유물이기도 하다. 그런데 이 그릇의 곡선이나 형태가 첨성대와 무척 닮아서 혹시나 선덕여왕이 대릉원에 위치한 자신의 조상들의 제사 의식을 위해 제기 그릇 형태의 거대한 돌탑을 세운 것은 아닐까 하는 상상을 해보곤 한다.

높이 9m 정도의 첨성대를 지켜보고 있으니 이처럼 선덕여왕도 떠오르고 왜 만들었는지에 대한 근본적 궁금증도 떠오른다. 그러나 이 역시 정확한 답은 없다. 한참을 지켜보다 첨성대 주변 고분들을 보니 각각의 고분들도 멋지게 조명이 켜지면서 마치 여러 개의 UFO가 지상에 내려온 분위기를 만들고 있다. 현대와 과거가 뒤섞인 이 분위기, 바로 경주의 또 다른 모습이기도 하다. 이제 다음 코스를 향해 걸어가자.

계림을 지나 반월성으로

야간 경주의 꽃은 역시나 '동궁과 월지'가 아닐까 싶다. 첨성대에서 저곳까지는 반월성을 지나 이동하는 코스가 좋으니 우선 반월성을 향해 걸어간다. 반월성은 유채꽃과 벚꽃이 유명하며 각각의 꽃이 화려하게 한창 필 때 방문하면 분위기가 참 좋다. 물론 그 외에도 소나무, 느티나무 등도 꽤나 운치 있게 자리잡고 있어 이 부분에 집중하여 사진을 찍으면 프로 사진 작가가 아니어도 꽤 훌륭하게 잘 나온다. 이것을 SNS에 올리면 그럴 듯한 풍경 덕분에 '좋아요'가 좀 붙지 않을까?

이런 잡생각을 하면서 첨성대를 떠나 잠시 걷다 보면 갈림길이 보인다. 오른쪽으로는 경주 계림으로 갈 수 있고, 그 길을 따라 더 안으로 들어가면 경주 향교, 교동최씨고택, 월정교 등이 위치한다. 계림은 김알지가 태어났다는 전설 속 숲으로 그는 자손들이 김씨 왕계를 만들면서 왕실 조상으로서 큰 대접을 받은 인물이다.

《삼국사기》에 따르면 어느 날 닭 우는 소리가 들려 탈해이사금이 신하를 보내 살펴보니 금빛이 나는 금궤가 나뭇가지에 걸려 있었고 흰 닭이 나무 아래에서 울고 있었다고. 궤를 열자 안에 사내아이가 있었으니 금궤에서 나왔다 하여 아이의 성을 김(金)으로 했다는 이야기다.

꽤 유명한 전설이라 한국인이라면 대부분 알고 있을 이야기인데, 그 전설이 있었던 장소가 다름 아닌 계림이라는 곳이다. 이런 전설이 아니더라도 잘 조성된 소나무 공원인 이곳이 꽤 운치 있어 보이는데, 전설을 기억하고 이 주변을 다니면 금궤가 걸렸던 나무가 어디쯤 있었을까 계속 생각난다. 물론 나무가 아무리 수명이 길어도 지금까지 살아 있을 가능성은 없지만 말이다.

게다가 전설이 실제 있었던 이야기는 물론 아닐 테고 말이지. 사실 신라에서 성(姓)을 사용한 시기는 진흥왕 이후이기 때문에 김씨가 왕권을 잡고 어느 정도 자리가 잡힌 후 선조를 포장하며 만들어진 이야기일 가능성이 크다. 한편 야간에는 이곳 나무에까지도 조명을 비추고 있어 영화나 만화 속 장면 같은 느낌도 든다. 경주 향교나 최씨 고택, 월정교는 설명 패스. 물론 볼 만한 곳이니 기회가 되면 한번 와보자. 오후에 택시를 타고 태종무열왕릉을 갈 때 창문으로 멀리나마 보았으니 됐다. 체력 분배 때문에 오늘은 포기.

이렇듯 계림은 고개를 돌려 잠시 살펴보는 것으로 끝내고 반월성으로 올라갔다. 언덕으로 올라서면 드디어 반월성 도착이다. 그러나 사실 아무것도 없다. 이 위에 신라 시대에는 화려한 궁궐이 있었던 곳이지만 지금은 널따란 언덕 평지 위에 나무와 풀만 자라고 있다. 다만 저쪽 한 편에서는 발굴 조사가 한창 이루어지는 중이다. 지하 레이더 탐사를 해본 결과 반월성 아래로 20개 이상의 건물지가 확인되었다고 한다. 이런 내용을 바탕으로 긴 시간에 걸쳐 발굴 조사가 이루어지고 있는데, 아직까지는 대단한 유물은 발견되지 않고 벼루나 기와만 잔뜩 나왔다고 하네. 국보 반가사유상 같은 대단한 작품이 하나 나오면 좋겠다만.

신라 왕이 신하를 거느리고 왕도를 떠남에 사인(士人)과 서민(庶民)들이 다 뒤를 따르는지라. 향차

(香車) 보마(寶馬)가 연달아 30리에 뻗치고, 길을
가득 메워 구경하는 사람들이 담을 둘러친 것 같았
다.

《고려사》

글의 위대함이 대단한 것이 고려사 부분을 보아
도 신라 마지막 모습이 그대로 떠오른다. 즉 신라
1000년의 역사가 마무리되어 왕이 고려로 이동하면
서 보물을 실은 수레만 30리에 다다랐다는 내용인
데, 대충 10km 정도로 그 행렬이 이어져 볼거리를
만들었다는 것이다. 아마 이때 반월성에 있는 대부
분의 보물들은 다 빠져나간 듯하다. 1000년을 묵힌
보물일 테니 어마어마한 내용일 텐데, 조금 아쉬운
느낌도 든다. 이렇게 항복한 경순왕은 신라 마지막
왕으로 이름이 남았고 능도 경기도 연천군에 위치
하고 있다. 유일하게 경기도에 위치한 신라 왕의 능
이다.

이 정도 확인하고 반월성에 자리잡은 조선 시대
에 만든 석빙고를 본 뒤 언덕을 내려간다. 이 길 따
라 쭉 내려가면 경주 야경의 최고 하이라이트. 동궁
과 월지가 등장한다. 사실 이것을 보기 위해 오늘
복귀를 포기한 것이다.

동궁과 월지에서 문무왕과 김인문을 생각하다

야간의 동궁과 월지는 참으로 화려하다. 오후 8시가 된 지금은 한창 사람이 몰리며 야간 조명이 화려할 때다. 아마 통일신라 시대 경주도 이 정도로 화려하지는 못했을 듯한데, 역시나 최첨단 조명인 LED 파워를 여실히 느끼게 한다. 경주에서 LED의 힘과 자부심이 얼마나 대단한지 동궁과 월지 근처로 가면 거리에서 상인들이 아예 LED 풍선까지 만들어 팔고 있다. 즉 야간 불빛이 가능한 풍선이다. 이것을 보면 앞으로도 어떤 최첨단 아이템이 경주에 등장할지 궁금해진다.

월지는 한때 안압지(雁鴨池)로 불렸다. '기러기와 오리가 노니는 못' 이라는 의미다. 신라가 사라지

달이 비추는 연못이라는 의미의 월지 야경. © Park Jongmoo

고 고려, 조선으로 나라가 이어지면서 이곳 건물은 세월을 이기지 못하고 무너져내린다. 오직 연못만 남아 새들이 찾아오고 있었으니, 조선 시대 사람들이 이를 보고 안압지라 붙인 것이다. 이름에 무언가 허무함이 가득하다. 그러나 1975년 발굴을 통해 다양한 유물이 발견되었고, 이중 월지(月池)라는 파편을 통해 이곳 연못 이름이 신라 시대에는 '월지'라 불렸음을 알게 된다. 달이 비추는 연못이라는 의미이니 뭔가 운치 있어 보인다. 당연히 경주시에서는 그 뒤로 월지라는 더 멋진 이름을 크게 알리기 시작했고 시간이 어느 정도 흐르자 안압지라는 이름은 기억에서 희미해진 대신 월지가 자리잡게 된다. 나 역시도 10여 년 전에는 안압지라 기억하고 있었는데, 요즘은 '월지에 가볼까?' 하는 식으로 완전히 적응되었다.

한편 이곳에는 한때 26채의 건물이 있었다고 하는데, 이중 가장 유명한 건물이 임해전(臨海殿)이다. 임해전은 문무왕의 동생인 김인문이 임해군공(臨海郡公)의 작위를 당 황제로부터 받았고, 특히 당과의 외교 부분에서 크게 활약했기 때문에 "김인문의 처소로 처음에는 만들어진 곳이 아닐까?" 하는 일부 학계의 추정이 있다. 마침 왕이 살았던 반월성 서쪽으로는 '재매정(財買井)'이라 하여 김유신 저택이 위치하고 있으니, 동쪽으로 김인문 저택이 위치한다면 신라 왕을 안전하게 보호하는 분위기도 만들 수 있었다. 사실 신라에서는 선덕여왕 시절 비담이 난을 일으켜 왕실이 공격받는 일이 있었다. 반란 중 여왕이 죽는 대참사이기도 했다. 이에 어렵게 반란을 진압한 후 나중에 왕위에 오르게 된 김춘추에게 반월성을 중심으로 김유신과 자신의 아들이 함께 있다면 여러 이점이 생긴다. 혹시 발생할 수 있는 반란에 대한 방어 면에서 안심이 되기 때문이다.

하지만 백제, 고구려 멸망 이후 신라와 당이 전쟁을 시작하면서 외교관이었던 김인문의 입장은 난처해진다. 백제와 고구려 영토가 신라로 편입된 뒤 신라는 당을 한반도에서 몰아내려 하고, 이에 당나라 황제는 문무왕을 공격하기로 한 것이다. 그리고 황제는 당에 숙위 중이던 김인문을 신라 왕으로 봉한 뒤 당나라 군대와 함께 신라를 공격하도록 명하였다. 이때가 674년이다. 그런데 문무왕은 이처럼 위급하던 674년, 이곳에 못을 파고 인공 산을 만들며 화초와 진기한 동물을 기르려 하고 있었다. 여유를 부린 것이 아니라 문무왕은 신라 왕으로 봉해진 동생의 저택을 왕실 정원으로 만들어버려 내부 반발을 막고자 한 것이다. 당 편에 선다면 왕의 동생일지라도 신라에 돌아올 자리가 없다는 의미였다. 뒤이어 그는 군대를 크게 사열하면서 당과의 일전을 선포한다. 결국 문무왕의 냉철한 결심대로 수년의 전쟁 끝에 당 황제의 계획은 실패로 끝나고 신라는 당까지 쫓아내고 비로소 진정한 삼한일통을 이룩하게 된다.

결국 이 일로 인해 김인문은 20년 후 당나라 수도에서 694년 66세의 나이로 죽고 나서야 신라 땅으로 돌아올 수 있었다. 자신의 의도와 상관없이 신라 왕과 대립한 인물이 되고 말았기 때문이다. 당시 신라 왕이었던 효소왕은 죽은 김인문에게 태대각간이라는 벼슬을 내린다. 전쟁이라는 피치 못할 사정에 의해 형인 문무왕과 대립하게 된 김인문이나 신라에서도 그의 공을 충분히 인정하고 있었기 때문에 가능한 일이기도 하다. 신라에서는 당나라를 일곱 차례나 왕래하며 외교 활동을 펼친 김인문을 위해 생전에는 관음도량을 만들고, 사후에는 미타도량을 열었다고 한다. 그만큼 나라를 위해 외교 활동을 하였던 김인문을 존경했던 것이다. 또한 당나라에서 지낸 신라 인물로 황제도 인정할 만큼 고위층이자 나름 재당 신라인 1세대였기 때문에 죽은 후에도 우호 증진을 위해 신라와 당 모두 중요하게 여길 인물이기도 했다. 지금으로 치면 재미교포 1세대로 한미

양국에서 존경과 인정을 받는 안창호 선생과 유사한 느낌이랄까.

어쨌든 그런 과정으로 임해전이라는 이름은 이어질 수 있었고, 통일신라 내내 이곳을 대표하는 건축물로서 연회를 즐기거나 외교 부분, 즉 나라에 중요한 손님이 왔을 때 접대 장소로 활용하게 된다. 이곳에서 연회로써 접대를 받은 인물로는 그 유명한 고려 태조 왕건도 있다. 다름 아닌 고려 왕의 신분으로 방문한 것이다. 반대로 당나라에는 신라 왕자의 저택이 낙양에 있었는데, 신라 왕자가 당나라에 유학 또는 외교 개념으로 숙위로 지내는 경우가 많으니 만들어진 곳으로 이 역시 김인문과 연결 점이 있지 않을까 하는 생각도 든다. 신라 왕자 중 숙위로 당나라에 파견된 첫 사례가 김인문과 그의 동생 김문왕이기 때문이다.

한편 당을 최종적으로 물리친 직후인 679년, 문무왕은 동궁을 이곳에 만듦으로써 그 뒤로 신라 태자가 지내는 곳이 된다. 큰 전쟁이 사라진 신라에서는 동궁을 더 크게 만들면서 월성과 연결되는 왕실 울타리로 발전시킨 듯하다. 평소에는 태자가 지내면서 나라의 큰 행사도 치르는 장소가 된 것이다. 이런 역사가 있었기에 이곳의 이름을 현재 경주시에서는 '동궁과 월지'로 부르고 있다. 연못 이름은 월지고 건물은 동궁전(東宮殿)이었다는 의미다. 현재 복원된 건물들은 나름 이곳에서 발굴된 건축 부재를 바탕으로 신라의 건축 양식을 이해하여 만든 것이다. 부족한 자료로 인해 완벽하지는 않지만 불국사 복원에 비해 한 단계 발전한 사례라 여겨진다.

한편 동궁과 월지는 밤 10시까지 구경이 가능한데, 낮에도 사람이 많지만 해가 지고나서의 이곳은 정말 사람 폭발 수준이다. 매표소에도 줄선 사람으로 가득하고 이에 직원들이 매표 기계 앞에 서서 표를 빨리 뽑아 나눠줄 정도다. 만약 차로 오고자 한다면 주말에는 주차를 그냥 포기하자. 좀 떨어진 곳에 차를 대고 이곳까지 걸어와야 마음이 편하다. 너무 사람이 많을 경우 관광객을 위해 개장 시간을 연장할 정도니까. 이 정도로 야간의 동궁과 월지는 인기가 엄청나다. 오늘 나는 평일에 방문했음에도 그 인기를 실감하고 있다. 그래도 오랜만에 이곳을 보면서 문무왕의 끈기와 힘을 느끼게 된다. 이왕 이렇게 된 거 내일은 삼한일통을 마무리한 문무대왕릉에 반드시 가봐야겠다.

6

문무대왕릉

나만의 특급 호텔에서 쉬어가볼까

8시쯤 들어와 9시 30분까지 동궁과 월지에 있었더니 피곤하다. 아무리 좋은 것도 몸이 피곤하니 더 이상 눈에 들어오지 않아 이제 숙소를 찾아보기로 한다. 일반적으로 생각하면 갑작스럽게 1박 하기로 한 이상 숙소를 찾기가 쉽지 않을 듯 보인다. 사실 경주는 관광지라 그런지 여관이나 모텔이 어마어마하게 많으나 그럼에도 가격이 타 도시에 비해 비싼 편이다. 빈 방도 저녁이 되면 이미 찾기 어렵다. 오죽하면 예전에는 숙소를 찾지 못해 대구나 영천으로 가서 하루 자고 아침에 돌아와 경주를 구경한 적도 있었다. 아마 그때가 금요일로 기억한다. 게다가 요즘 인기리에 만들어진 게스트하우스는 대부분 당일에는 빈방을 찾기 어려우며 예약을 미리 해야 한다. 아니면 게스트하우스가 거리가 먼 곳에 위치하는 경우가 많아 자가용이 필수다. 그러나 해결책이 없는 것은 아니다. 어디로 가면 좋을까? 바로 24시간 찜질방이다.

여행을 좋아하는 나는 과거에는 1박을 하면 숙소를 잡고 자는 경우가 많았으나 요즘은 그냥 24시간 찜질방을 이용하는 경우가 대부분이다. 찜질방의 가장 큰 장점은 역시나 대형 목욕탕으로 여행의 피곤함을 씻어내는 곳으로는 사실 따뜻한 물만 한 것이 없다. 몸 좀 담그고 푹 쉬면 만사 오케이다. 천국에 온 느낌이다. 일반 숙소처럼 빈 방 개념이 아니니 자리가 다 차 입장이 되지 않는 경우도 거의 없다. 물론 아주 가끔씩 관광객이 어마어마하게 몰리는 날이라 찜질방마저 출입이 금지되는 경우도 있긴 하다만 굉장히 드물지. 아침에도 가볍게 샤워하고 나오면 되니 이 역시 편안하다. 문제는 경주에 찜질방을 찾기 어렵고 있더라도 위치가 좀 애매한 곳에 있어서 그동안은 별로 사용하지 않았었다.

그런데 최근 경주시외버스터미널 북쪽으로 멋진 찜질방이 만들어졌다는 소식을 들었기에 오늘은 그곳에서 자기로 한다. 동궁과 월지에서 나와 버스를 기다리니 얼마 뒤 버스가 도착한다. 시내로 들어가는 버스를 타고 시외버스터미널 정류장에서 내리자 10시가 훌쩍 지났네. 스마트폰 지도를 보며 길을 찾아가니 얼마 지나지 않아 금세 푸른색 빌딩이 보인다. 스파럭스찜질방이라고 되어 있군. 바깥에서 보아도 규모가 좀 커보인다.

들어가보니 내부도 최신식이고 목욕탕 시설도 좋다. 따뜻한 물에서 충분히 피로를 풀고 찜질 가운을 입고 찜질방으로 올라가본다. 찜질방 구조가 잘 만들어져 있네. 만화책도 볼 수 있고, 영화관이라 하여 영화 볼 수 있는 방도 있군. 거기다 오락실에다 식사도 할 수 있으며, 자는 공간도 꽤 괜찮다. 주변을 보니 가족 단위로 방문한 사람들이 특히 많아 보인다. 이런 멋진 장소가 경주에 생기다니, 앞으로 더 자주 이용해야겠다. 그럼 내일은 아침에 일찍 일어나서 우선 삼한일통의 업적을 세운 문무대왕릉부터 가볼 예정이다. 슬슬 잠이 와 구석진 자리 하나 잡아서 누워 있으니 주변에 코골며 자는 소리가 들린다. 나도 얼른 자야겠다.

보문관광단지

오전에 일어나 주변을 보니 찜질방에는 여전히 자는 사람들로 가득하다. 스마트폰으로 시간을 보니 아직 오전 6시 30분밖에 안 되었군. 너무 일찍 일어났다. 아침형 인간이라 보통 오전 5시면 기상하는데 어제 많이 돌아다니느라 피곤해서 좀 더 잔 듯하다. 그래도 오늘은 저 멀리 있는 문무대왕릉을 갈예정이니 슬슬 씻고 준비하기로 하자. 아침은 근처 편의점에서 빵이랑 토마토 주스로 대신하고, 혹시나 돌아다니다 먹을 만한 식당이 있으면 들어가야겠다.

찜질방에서 나와 편의점에 가 요깃거리를 산 뒤

시외버스터미널로 이동해 먹으면서 버스를 기다린다. 목욕탕이 오랜만이라 여유 있게 씻고 나왔더니 벌써 8시로군. 이곳에서 문무대왕릉까지는 버스를 타고 1시간 20분 정도 걸린다. 정말 긴 여행이다. 35km 정도 거리니까 대충 강남역에서 수원까지 거리쯤 되겠군. 아 버스가 오는군. 타자. 다시 쭉 경주 시내를 돌다가 시내 밖으로 나간다. 이렇게 밖으로 조금 가다보면 보문관광단지가 보인다. 창문을 통해 한 번 훑듯이 구경해보자.

보문관광단지는 보문 호수를 중심으로 여러 시설물이 집결되어 있는 현대식 휴양 시설이다. 박정희 시대인 70년대 경주 관광지 개발과 함께 역사성 있는 경주 도심과 구별되는 신식 유원지로 만들어졌으며, 꾸준한 발전 끝에 현재는 고급 호텔, 박물관, 미술관, 테마파크, 워터파크, 민속촌, 경주세계문화엑스포공원, 골프장 등등 다양한 관광 시설이 몰려 있다. 특히 테마파크는 '경주월드'라 불리는데, 경상도 지역에서는 최고의 놀이동산으로 평가받는다고 한다. 경상도의 에버랜드라 하면 이해가 될까. 놀이 기구 수준이 높아 부산, 대구, 울산, 창원 등등 다양한 지역에서 특히 10~20대가 주말마다 몰려온다고 한다. 역시 다양한 즐길 거리가 있는 관광 도시 경주다.

테마파크를 막 지나면 황룡사 9층 목탑을 본떠 만든 건축물이 2개 등장한다. 하나는 경주세계문화 엑스포 공원에 자리잡은 경주타워이고, 또 하나는 황룡사 9층 목탑의 겉모습을 보여주는 중도타워다. 푸른색 유리 건물인 경주타워는 황룡사 실루엣이 음각으로 비워 있는 형태가 인상적이고, 바로 가까이 위치한 중도타워는 겉모습이 흡사 황룡사 9층 목탑인지라 경주타워와 대칭적으로 어울리는 모습이다. 밖에서 보기에는 꽤 멋져 보인다. 다만 경주를 오가면서 시간차를 두며 두 건물이 조금씩 올라가는 것부터 준공되는 모습까지 보았으나, 그럼에도 내부를 방문한 적은 한 번도 없다. 즉 매번 눈으로만 구경한 것인데, 언젠가 인연이 되면 방문할는지 모르겠군. 이처럼 경주 여행을 자주 다녀도 안 가는 곳은 계속 가지 않게 된다.

그렇다면 경주 보문단지에서 방문한 곳은 어디가 있을까? 곰곰이 생각해보니 신라밀레니엄파크와 우양미술관 이렇게 두 곳을 방문했었다. 추억을 한번 끄집어내볼까. 신라밀레니엄파크는 2009년, 40%를 넘는 시청률을 자랑했던 드라마 '선덕여왕'과 관련 있는 곳이다. 드라마 세트장으로 만들어졌는데, 용인 한국민속촌처럼 신라 시대를 체험하는 장소로 운영하며, 지금도 가족 단위의 관광객들이 찾고 있다. 다만 드라마가 끝난 지 오래된 데다 그 이후 활용도도 큰 변화가 없어 갈수록 인기는 떨어지는지 경영 상황이 좋지 않다고 들었다. 몇 해 전 어느 날 갑자기 들어가보고 싶어 방문했는데, 귀족 저택도 있고 궁궐도 있고 그냥 볼 만했다. 하지만 드라마 세트장의 한계인지 겉으로는 그럴듯한데, 자세히 뜯어보면 단청도 공을 들여 칠하지 않았고 건물도 한국 것 같지 않은 느낌마저 들었다. 조선 시대 사극은 자주 만들어지니 용인 한국민속촌은 잘 운영되는 듯한데, 삼국 시대 사극은 많이 만들어지지 않으니 운영이 힘든 것일까. 크게 생각은 해보지 않았으나 오늘따라 갑자기 궁금해지네.

우양미술관은 "세계는 넓고 할 일은 많다."라는 발언으로 유명했던 사업가 김우중과 관련 있는 미술관이다. 90년대 현대에 이어 한국 재벌 랭킹 2위에 등극했던 대우의 사그라진 꿈이 담긴 장소라 해야 하나? 여하튼 한때 재벌 2위에 올랐을 만큼 승승장구하던 시절 김우중의 부인 정희자는 고가의 미술품을 구입하는 예술계의 큰손으로 활약했는데, 이렇게 수집한 작품을 바탕으로 경주에 미술관을 만든다. 미국 유학 중 교통 사고로 사망한 아들 김선재 이름을 따와서 아트선재미술관이라 이름을 지었고 상당히 오랜 기간 경주, 아 아니 경상도 지역에서 보기 힘든 수준 높은 현대 미술 전시를 개최하며 경주 내 새로운 문화 바람을 일으키려 했다.

그러나 대우가 IMF를 기점으로 무너지고 미술품 재산 은닉 문제도 벌어지며 잡음이 계속 일다가 우양산업개발이 2012년, 미술관을 인수하면서 우양미술관으로 명칭이 변한다. 지금도 현대 미술 방향으로 다양한 전시를 개최 중으로, 서울에서 전시될 만한 수준 높은 내용을 경주에서도 볼 수 있는 것이 장점이 아닐까 싶다. 참, 솔거미술관이라 하여 박대성 화백 등 한국 전통 미술을 주로 보여주는 미술관도 경주세계문화엑스포공원에 있다. 이곳도 방문한 기억이 나네.

우양미술관 추억을 떠올리자 경주에도 일본의 교토처럼 근현대미술관이 함께 흥행한다면 더욱 볼거리가 풍족해지고 관광지로서 가치도 높아지지 않을까 하는 생각이 든다. 전국에서 다양한 나이대들이 꾸준히 방문하는 곳인지라 유적지 관광을 넘어 현대 미술 메카로서의 활약도 경주에서 충분히 가능하다고 본다. 아트페어든 미술관이든 이 부분이 앞으로 더 발전하면 좋겠다. 경주를 좋아하는 한 사람으로서 개인적인 소망이다.

골굴사를 지나며 문무왕을 떠올리다

긴 거리라 어느덧 버스에서 나도 모르게 무거운 눈을 붙이고 있는데, 부산거리는 소리가 들려 잠시 눈을 뜨니 골굴사라는 푯말이 보인다. 이곳은 버스 정류장에서 내려 한참을 걸어가야 도착한다. 12개의 석굴이 있는 사찰로 특히 절벽 가장 윗부분에 마애불이 있어 유명하다. 보물 581호로 골굴암 마애여래좌상이라는 부처다. 이전에 이 부처를 만나려고 헉헉거리며 계단을 타고 올라갔던 기억이 난다. 한편 골굴사에서 원효가 입적했다는 이야기도 있는데, 그가 "686년 3월 30일 혈사(穴寺)에서 죽었다."는 기록이 있기 때문이다. 혈(穴)은 구멍, 동굴을 의미하니 혈사는 동굴 사찰, 즉 석굴이라 해석하여 석굴이 가득 있는 골굴사를 원효가 마지막 생을 살았던 곳으로 추정한 모양이다. 덕분에 절에서도 원효와의 인연을 강조하고 있다.

그런데 원효가 살던 혈사 옆에 설총이 살던 집터가 있다는 《삼국유사》 기록이 있어, 정말 혈사가 골굴사가 맞는지 의문이 든다. 설총은 삼국이 통일된 만큼 한반도에서 그동안 각기 사용하던 한자의 음과 훈을 빌려 우리말을 기록하던 표기법인 이두 문자를 통일성 있게 새로 정리하고 6두품 신료로서 신라 왕 곁에서 정치적 자문역을 맡고 있었기에 왕궁 월성에서 무려 24km나 떨어진 골굴사에서 지냈을 가능성이 낮아 보이기 때문이다. 지금이야 자동차를 타면 30분 정도 걸리지만, 그 시대에는 차가 없었고 걸으면 거의 7시간 정도 걸리는 거리다. 말을 타도 2시간은 걸리겠지. 고위 행정 관료가 이 거리를 매일 출퇴근 한다는 것이 가능한 일이었을까? 그럼 진짜 혈사는 어디였을까? 글쎄다. 다음 번 경주 여행의 목표는 혈사 찾기로 잡아볼까.

어쨌든 3/5 지점인 골굴사를 지나쳤으니 조금만 더 가면 문무대왕릉에 도착할 듯하다. 그럼 이쯤에서 문무왕에 대해 정리해보자.

문무왕은 태종무열왕의 맏아들이자 김유신의 조카로 핏줄에 있어 자신의 삼촌처럼 신라 진골과 가야 진골의 피가 섞인 인물이다. 다만 삼촌이었던 김유신에 비해 젊은 때부터 사회적 대우는 훨씬 좋았는데, 예를 들면 김유신의 48세 때 관등과 문무왕의 30대 이전 관등이 거의 비슷한 급이었다. 삼촌보다 20살 정도 빠르게 고속 승진했다는 의미니 역시나 차기 왕이 될 인물이었기에 그 대우도 좋았던 모양이다. 아버지 덕분에 당나라 수도를 다녀온 경험이 있어 세계적인 식견을 지닌 채 태자가 되었다. 태자로서 김유신과 함께 백제 정벌에 참가하였고, 5000 결사대의 계백을 물리치고 백제 수도를 점령하는 전투까지 직접 눈으로 확인한다. 태자 시절부터 군사적 경험이 남달랐음을 보여준다.

한편 백제 정벌이 끝나자 태종무열왕이 갑작스런 죽음을 맞이한다. 이에 문무왕이 보위에 오르는데, 마치 왕이 되기 위해 태어난 사람처럼 뛰어난 정치력을 보이기 시작했다. 개인적으로는 삼국 통일 더 나아가 당나라와의 전쟁에서 승리한 것도 사실상 문무왕의 능력이 남달랐기 때문에 가능한 일이라 생각한다. 그가 보인 당나라와의 밀고 당기는 외교전은 삼한일통의 하이라이트이기도 하다. 당나라와 전쟁하기로 결심한 신라는 수차례 전투 끝에 크게 패하는 일이 생겼다. 한시가 급한 상황이 되자 문무왕은 시간을 벌기 위하여 왕의 존엄을 버리는

과감한 시도를 한다. 당나라 황제에게 보낸 참회의
표문이 그것이다.

　　신 아무개 죽을 죄를 짓고 삼가 말씀 올립니다.
지난날 제가 위급하여 사세가 마치 거꾸로 매단 것
같았을 때 멀리 구원해주심에 힘입어 도륙을 모면
했으니 몸을 부수고 뼈를 갈아도 넓은 은혜에 보답
하기에 모자라고 머리를 부수어뜨려 재와 티끌이
된다 한들 어찌 어진 은혜를 우러러 갚을 수 있겠습
니까. (중략) 만약 죄를 자복하고 내쳐지는 용서를
베푸시어 머리와 허리를 베지 않는 은혜를 내려주
신다면 비록 죽는다 하더라도 산 것이나 다름없을
것입니다.

　　항복 문서에 가까운 비굴함을 지닌 이 글을 통해
당나라 공격을 일시 정지시킨 문무왕은 그 틈에 반
격의 준비를 충실히 하였고, 결국 문무왕의 표문이
거짓임을 알고 다시 한 번 침입한 당나라 군대를 매
소성에서 깨부수며 대승리를 거둔다. 만약 항복 문
서를 보내고 그대로 항복했으면 한반도 역사는 크
게 달라졌을 수도 있겠으나, 문무왕은 이후 한반도
역사에서 익숙하게 보이는 그런 왕들과는 격이 달
랐다. 반드시 해내야 할 일은 해내는 인물이었기에

뒤로 물러나는 척하며 준비한 반격을 통해 결국 당나라로부터 승리를 거둔다. 마키아벨리의 군주론에 가장 걸맞는 인물이 한반도에서는 문무왕이 아닐까 싶을 정도로 그는 실리를 위해서는 잠시 고개를 숙이는 일도 마다하지 않았던 것이다. 그래서 난 저 비굴한 표문에 오히려 문무왕의 진면목이 숨겨 있는 듯하여 좋아한다.

당나라는 문무왕에 의해 한반도에 대한 지배력을 잃은 뒤로도 뒤끝이 대단했다. 나당 전쟁이 끝난 지 50여 년이 지난 때 당나라 황제 현종은 태산에 봉선 의식을 거행하며 고구려, 백제 왕가의 후손을 참여시킨다. 이들 고구려, 백제 후손들은 당나라로 끌려간 후에도 왕족 대우를 받으며 지낸 것인데, 만일 한반도에서 신라의 안정된 통치가 불가능하거나 불리한 일이 생긴다면 이들을 안동도호부나 웅진도독부의 이름으로 한반도에 파견하여 다시금 삼국으로 쪼개 통치하겠다는 속셈이었던 것이다. 하지만 초강대국 당나라를 물리쳤다는 자부심으로 가득한 신라에서 그런 일은 생기지 않았고 결국 시간이 더 흐르자 당나라는 외교 정책을 바꾸어 제후국 중 서열 1순위로 신라를 대접하면서 최우호국으로 대우한다.

이를 보아도 승리한 역사를 지닌 나라에게는 강

대국마저도 그 실력을 인정하게 됨을 알 수 있다. 신라는 강대국인 당나라와의 전쟁에서 승리하고 원효처럼 중국도 놀랄 만한 불교 철학을 구축했으며, 삼한일통이라는 세련된 개념으로 고구려, 백제 유민을 포섭하고, 설총이 정리한 이두 문자로 글자 문화를 퍼트리며 이처럼 남다른 에너지를 보여주었다. 바로 그 시대 신라를 가장 대표하는 인물이 바로 문무왕이 아닐는지.

문무대왕릉과 숨겨진 이야기

　　문무대왕릉에 드디어 도착했다. 시간을 보니 오전 9시 30분이 되었군. 오후 7시 시외버스를 타고 돌아가야 하니 이제 10시간도 안 남았네. 경주 여행 더 알차게 보내기로 하자. 버스에서 내리자 곧 바닷바람이 불어온다. 소금 냄새가 느껴지네. 고향인 부산역에 기차 타고 도착하면 매번 다가오는 바다 내음. 그 느낌이다. 문무대왕릉에 방문하면 매번 느끼는 감정이기도 하다. 마음의 고향 같은 분위기? 역시나 문무왕과 전생에 무언가 인연이 있는 걸까?

　　문무대왕릉은 바다에 위치한 바위섬으로 땅에서 불과 200m 떨어진 곳에 위치하고 있다. 그런데 볼수록 묘하게 강한 에너지를 가진 듯하다. 나만 그렇

문무대왕릉. 바다에 위치한 바위섬으로 땅에서 불과 200m 떨어진 곳에
위치하고 있다. 지금도 바위섬은 병사들로 가득하다. 바다의 갈매기들이
그들이다. ⓒ Park Jongmoo

게 느끼는 것은 아닐 텐데 지켜보고 있으면 숙연해 진다고나 할까? 해 뜰 때 방문하면 바위가 붉은 빛깔을 보이는데, 마치 피를 덮어쓴 듯하여 조금 무서운 분위기로 다가온다. 반면 낮에는 날이 선 칼처럼 빛나는 색이다. 저녁에 오면 모든 슬픔과 어둠을 담은 듯 담담한 분위기다. 이처럼 바위에 감정 이입이 되면 삼국 통일의 업적을 고스란히 간직한 것처럼 느껴지게 된다. 그리고 문무왕은 역시 문무왕인지라 지금도 바위섬은 병사들을 가득 거느리고 있다. 바다의 갈매기들이 그들이다. 이곳 갈매기들은 인간을 무서워하지 않으며, 문무대왕의 바위섬과 해변을 자유롭게 오가며 보초를 서고 있다. 숫자도 많고 겁도 없는 것이 삼국 통일 시대 문무왕을 따르던 병사 같다고나 할까? 매일같이 고생하는 이들을 위해 근처 슈퍼에서 새우깡을 사서 던져준다.

　지금은 누가 보아도 문무대왕릉을 문무왕의 능으로 인식하고 있으나 전 국민이 문무대왕릉으로 인식한 것은 불과 1970년대 이후의 일이다. 그 이전에는 경주 괘릉을 문무왕의 안식처로 인식하고 괘릉에 문무대왕릉이라는 표식까지 돌비석으로 끼워 두고 있었다. 괘릉은 무인석이 서역인이라서 유명한 고분으로 신라식 왕릉 묘제의 백미로 알려진 무덤이기도 하다. 그런데 왜 괘릉이 문무대왕릉으로 인식되었던 것일까? 이야기는 다음과 같다.

괘릉이라는 이름 중 괘(掛)는 '걸다' 또는 '걸어 놓다' 라는 의미인데, 물이 많이 흐르는 지역이라 지금도 이곳을 방문하면 고분 뒤로 물이 졸졸 흐르고 있는 것을 확인할 수 있다. 이에 능 주변으로 수로를 만들어 물을 흘러가게 만들어두었으니 그만큼 습기가 많은 곳이라 하겠다. 주변을 돌다보면 바닥이 질퍽질퍽하다. 이런 곳에 고분이 있었으니 풍수지리에 바탕을 둔 조선 시대 사람들이 묘를 쓰는 기준으로 보면 결코 좋게 볼 수 있는 공간은 아니었다. 그리하여 이런 전설이 만들어진다.

연못을 메워 무덤을 조성하였는데, 이 때문에 물이 괴어 바닥에 관을 그대로 안치하지 못하니 돌 양쪽으로 관을 걸어두고 흙을 덮어 능을 만들었다. 그래서 괘릉이라 한다.

동경잡기(東京雜記)

이처럼 어느 순간 물 위에 떠 있는 무덤이라는 이야기가 만들어졌고, 그 결과 수중 무덤으로 인식된 것이다. 이에 주인 없는 무덤에서 조선 시대 후반 들어 갑자기 물과 관련한 기록이 있는 문무왕과 연결되기에 이른다.

《삼국사기》에 있는 문무왕에 대한 기록이다.

　　동해 어구의 큰 돌 위에 장사지냈다. 세속에서
　전해오기로는 왕이 용으로 변했다 하니, 이로 인해
　그 돌을 가리켜 대왕석이라 한다.

《삼국사기》 문무왕편

　《삼국유사》에서는 문무왕이 지의법사에게 말하
길 "내가 죽은 뒤 호국의 큰 용이 되어 불법을 받들
고 나라를 수호하고자 한다."라고 하자 스님이 반문
하길 "왜 대왕께서는 하필 짐승이 되고자 하십니
까?"라 하였다. 그러자 문무왕은 "내가 이 세상의
영화를 싫어한 지 오래 되었다. 만약 조금이라도 나
라에 보탬이 된다면 짐승이 되어도 나의 뜻에 부합
하는 일일 것이다." 그리고 그가 죽자 불교 법식에
따라 화장한 뒤 유골을 동해 입구 큰 바위에 장사지
냈으며 그 뒤 이 바위를 대왕암이라 불렀다고 한다.

　이처럼 문무왕은 당시 사람들의 불교 세계관으
로 볼 때 인간에서 오히려 짐승으로 격하될지라도
나라를 지키기 위해서는 짐승도 될 수 있다는 사상
을 보이고 있었다. 이전 성골 의식이나 부처 재림을
이야기하던 신라 왕들과는 확실히 인품의 격이 달
랐음을 알 수 있다. 여하튼 기록 속에 등장하는 문

무왕의 물과의 인연을 강조하여 괘릉이 연못이 있던 물이 많은 장소이니 '수중릉 = 문무대왕릉' 이라 여긴 것이다. 확실히 위대한 영웅의 웅대한 유언을 이처럼 보잘것없이 작게 만드는 재주가 조선 시대에는 있었나보다.

하지만 1939년, 일본인 학자에 의하여 괘릉 주변 절터에서 발견된 최치원의 초월산대숭복사비문(初月山大崇福寺碑文)이 해석, 정리되면서 이야기는 달라진다. 비문과 《삼국유사》를 함께 보면, 진골 출신 김원양이 곡사라는 절을 세웠으나, 이를 다른 곳으로 옮기고 신라 원성왕의 능을 옛 절터에 조성했다고 한다. 이전된 곡사는 숭복사라고 나중에 개명하였는데, 그 숭복사 터가 경주시 외동면에 남아 있다. 최치원의 비석이 발견된 장소이다. 그런데 숭복사 터 북쪽에 유일한 왕릉으로 괘릉이 위치하고 있으니 고분을 원성왕릉으로 비정할 수 있게 된 것이다. 이와 같은 내용을 바탕으로 독립 운동가이자 역사학자였던 정인보(1893~1950년) 역시 괘릉은 문무왕릉이 아닌 원성왕릉이라는 주장을 하였고, 그가 납북되기 전 남긴 원고가 1955년에 소개되면서 괘릉 주인에 대한 다른 이야기가 크게 공론화되었다. 다만 문제는 이러한 논리적 판단이 제시되었음에도 경주김씨 문중이 이를 인정하지 않고 있다는 점에 있었다.

결국 시일이 흘러 1967년 문화재청과 삼산오악 조사단이 문무왕의 능을 조사하는 과정에서 기록과 유적을 대비해보니 대왕암이라는 바위가 문무왕의 장례지임을 파악한다. 이것이 언론을 통해 발표된 후에야 드디어 경주 김씨 문중도 마음을 바꾸게 된다. 물론 해당 발표 뒤로도 확정되기까지는 쉽지 않았는데 5년 간 문중 토의를 거친 후에야 괘릉의 주인을 문무왕에서 원성왕으로 바꾸는 것이 용인됐다. 조선 시대 임의로 만들어진 고분 명칭이 논리적 조사를 통해 바뀐 매우 드문 경우라 하겠다. 이후 괘릉에 있던 문무왕 돌비석도 제거되고 공식적으로 원성왕릉이 되었다. 그리고 문무왕도 자신의 자리를 되찾아 대왕암이 문무대왕릉으로 비정되게 된다.

물론 이 발표 이후 이번에는 대왕암이 진짜로 문무왕의 능이 맞느냐에 대한 여러 학자들의 주장이 있었다. 하지만 이곳에 와서 보면 문무왕의 이상과 걸맞는 장소임은 분명해 보인다. 나라를 지키는 용이 쉬려면 이 정도 카리스마의 바위는 돼야지. 암. 오늘도 이렇게 문무대왕릉을 보면서 잠시 감상에 빠져본다.

충분히 감상했으니 이제 아침을 먹어야겠지. 문

무대왕릉 근처에는 횟집들이 많이 위치하고 있다. 2인 이상이면 참 먹기 좋은 가게들인데, 이번 여행은 혼자 와서 그런지 조금 뻘쭘하군. 회랑 매운탕을 같이 먹으면 참 좋은데 말이지. 결국 아침부터 일찍 열린 가게가 있음에도 들어가려다 참는다. 나중에 불국사 쪽으로 가서 먹어야겠다.

이견대에서 본 문무대왕릉과 만파식적

오랜만에 문무대왕릉을 가까이에서 보았으니 한 동안의 소원 성취는 했고, 이제 문무대왕릉을 조금 떨어진 곳에서 구경해보기로 하자. 근처에 이견대 (利見臺)라는 정자가 있다. 근처라고 하지만 걸어서 30분 정도 걸리는데, 조금 빙 돌아가야 나오는 곳이 다. 어제 많이 걸어서 피곤한 데다 길이 좁아 도보 로 걷기에 약간 위험하기도 해 택시를 타고 가기로 하자. 택시를 타면 5분 거리다. 문무대왕릉 주차장 에서 카카오택시를 부르려 스마트폰을 꺼내는데, 때마침 택시 하나가 이곳으로 들어온다. 두 명의 손 님이 내리자마자 택시를 부르며 앞좌석에 탔다. "이 견대로 가주세요." "네, 알겠습니다."

씽씽 달리다 보니 이견대 도착. 택시 기사님과 인사를 하고 내리자 바닷바람이 불며 시원하네. 이 견대는 적당한 높이의 언덕 위에 위치하고 있으며, 이 자리에 올라 정면을 보면 저 멀리 문무대왕릉이 보인다. 확실히 해변에서 보는 모습과 이곳에서 보는 모습이 다르다. 각도가 달라져서 그런지 날카로움은 덜하나 단단한 거북 등껍질 같은 모습이 남아 있다.

이견대는 문무왕의 아들 신문왕이 만들었으며 《삼국사기》와 《삼국유사》에 언급된 대왕암이 현재의 문무대왕릉이라는 증거로도 언급되는 장소이기도 하다. 왜냐면 문무대왕릉을 한눈에 보기에 너무나 안성맞춤한 위치이기 때문이다. 능과 적당한 거리, 주변 경관을 훑어볼 수 있는 뷰 등이 합쳐진 완벽한 장소라고나 할까?

한편 이곳 건물은 1979년 재현한 것으로, 발굴을 통해 과거 건물의 초석을 찾아 이를 기반으로 올린 것이라 한다. 다만 현재의 이견대는 조선 시대 건물 터이며 진짜 이견대는 이곳 뒤쪽 산으로 10분쯤 더 올라가야 한다는 주장도 있다. 그곳에 400~500m^2의 넓은 공간이 있으며, 대왕암이 한눈에 보인다는 것이다. 당시 이견대 발굴 조사에 참가했던 황수영 박사의 이후 언급이라 신뢰도가 높은 주장이다. 황

이견대에서 본 문무대왕릉. 각도가 달라져서 그런지 날카로움은 덜하나
단단한 거북 등껍질 같은 모습이 남아 있다. © Park Jongmoo

수영 박사가 지목한 산 위의 터를 1995년 동국대 경주박물관에서 조사하면서 신라 시대 기와를 많이 발견했다고 한다. 어쨌든 고도의 높고 낮음의 차이가 있더라도 이견대에 오면 신문왕이 아버지를 뵈러 왔을 때의 감정이 현재를 사는 우리에게도 전해 오는 듯하다. 허나 신문왕과 달리 아무리 기를 쓰고 찾아보아도 용(龍)이 안 보이네. 더 자세히 주변을 구석구석 살펴봐야지. 용이라니? 진짜 용을 말하는 것인가? 맞다.

한국인이면 만파식적(萬波息笛)이라는 전설 속 피리 이야기를 들은 적이 있을 것이다. 적병이 쳐들어오거나 병이 돌거나 가뭄 등 나라에 좋지 않은 일이 있을 때마다 피리를 불면 모든 어려움을 가라앉게 한다는 이야기가 그것으로, 이곳 이견대가 바로 만파식적과 관련된 곳이다.

신라 제31대 왕인 신문왕이 즉위 후 아버지 문무왕을 위하여 동해와 가까운 곳에 감은사(感恩寺)를 지었다. 신문왕 2년에 일관으로 하여금 점을 쳐 보니, 해룡이 된 문무왕과 천신이 된 김유신이 수성의 보배를 주려고 하니 나가서 받으라 하는 것이 아닌가. 이에 왕이 이견대(利見臺)에 오니, 바다 위에 떠오른 거북 머리 같은 섬에 대나무가 있었는데, 낮에는 둘로 나뉘고 밤에는 하나로 합쳐졌다. 풍우가 일어난 지 9일이 지나 왕이 그 산에 들어가니, 용이 그 대나무로 피리를 만들면 천하가 태평해질 것이라 하는 것이다.

이에 용에게 신문왕이 대나무의 이치를 물으니, 용은 "비유하건대 한 손으로는 어느 소리도 낼 수 없지만 두 손이 마주치면 능히 소리가 나는지라, 이 대나무도 역시 합한 후에야 소리가 나는 것이요. 또한 대왕은 이 성음(聲音)의 이치로 천하의 보배가 될 것이다."라고 예언하고 사라졌다. 왕이 곧 이 대나무를 베어서 피리를 만들어 부니 나라의 모든 걱정 근심이 해결되었다 한다.

《삼국유사》기이(紀異)편 만파식적

바로 이 전설이다. 신문왕이 이견대에서 보았다는 용은 환생한 문무왕이었을까? 여하튼 용은 문무왕과 김유신이 함께 주는 것이라는 피리를 신문왕에게 선물로 주고 사라졌다.

전설로만 들으면 기묘한 이야기가 되겠지만 이 이야기를 구체화하여 설명한 책이 있어 그 뒤부터는 나 역시 새롭게 재해석이 되었다. 《에밀레종의 비밀》이 그것으로 2008년에 출판된 책이다. 서점에 갔다가 무심코 한 권 사서 읽었는데, 과연 그렇구나

하는 생각이 들더군. 관심 있는 분은 읽어보면 좋겠다. 그럼 책 내용을 바탕으로 내 상상력까지 더해서 살펴보자.

과거 한국이 만든 종은 중국, 일본 종과 비교하여 유별나게 다른 점이 있었다. 소리의 울림을 도와주는 음통과 종을 거는 자리인 용뉴가 그것이다. 한국의 경우 종 머리에 음통이라 하여 긴 원통형 기둥이 하나 솟아 있고 용 한 마리가 종을 걸 수 있게 구부러져 있다. 반면 중국과 일본 종은 음통이 없으며 종을 걸 수 있는 고리로서 용 두 마리가 조각되어 있을 뿐이다. 왜 한국만 유독 다른 형태의 종을 만들었을까? 이 부분에 주목하여 발표를 한 인물이 있었다.

앞에서도 언급한 고고학자 황수영 박사(1918~2011년)는 동국대 총장 시절인 1982년, 한국 종의 유별난 개성에 대하여 이는 만파식적을 상징적으로 표현한 것이라는 주장을 한다. 이에 따르면 원통형 긴 음통은 다름 아닌 피리를 형상화한 것이며 용은 피리를 전해준 문무왕을 의미한다 하겠다. 즉 삼국 통일의 영웅이자 만파식적의 주인공인 문무왕의 업적을 종에 장식한 것으로 보자 만파식적이 단순한 전설이 아닌 구체적 모습으로 다가오는 느낌이다.

현재 남아 있는 신라 종은 국보 36호 상원사종

(725년), 국보 29호 성덕대왕신종(771년), 그리고 6.25 전쟁으로 포격을 받아 부서졌으나 근대 시절 흑백 사진으로 찍혀 온전한 모습을 알 수 있는 선림원종(804년), 이유는 모르겠으나 바다 건너 일본 시네마현의 절에 있는 운주지동종(8세기) 등이 있다. 하나같이 용과 피리가 장식되어 있으며 문무왕 이후에 제작된 것들이다. 이렇게 만들어진 종의 디자인은 이후 고려, 조선까지도 이어지는데, 시일이 지나며 점차 신화의 힘이 옅어지면서 용과 피리를 표현하는 것도 상투적으로 변한다.

그렇다면 나의 상상이지만 혹시 이견대에 후대 신라종의 모본이 되는 첫 만파식적 이야기를 담은 종이 있었던 것이 아닐까? 지금이야 평화롭게 보이지만 이견대를 보면 바다를 포함해 주변을 한눈에 파악할 수 있어 망루가 있어도 전혀 이질감이 없는 장소이기도 하다. 여기다 문무왕이 용이 되고자 한 이유는 외부의 적 침입을 막기 위함이었는데, 이때 외부의 적이란 다름 아닌 일본이었다. 신라와 일본은 사이가 그렇게 좋은 편이 아니었으며 견제하는 분위기가 강했기 때문에 서로 간 군사적 위협에 대한 이야기가 《일본서기》 같은 일본 역사책에도 많이 남아 있다.

그런데 만약 일본이 쳐들어온다면 그 루트 중 하

나로 문무대왕릉 쪽 동해 바다를 거쳐 이견대와 감은사지 앞으로 흐르는 대종천이라는 강을 따라 올라가는 방법이 있다. 더욱이 신라 시대에는 감은사지까지 바다로 연결되어 있었다 한다. 퇴적물이 쌓이며 해안선이 바뀐 것이다. 그만큼 배를 타고 경주 중심부 근처까지 그대로 이동이 가능하다. 그러나 이곳에 큰 종이 있어 위험을 감지하고 소리를 울리면 적은 그 소리에 도망갈 수밖에 없지 않았을까? 이것이 후대에 전설이 덧붙여지며 만파식적 이야기로 펼쳐진 것은 아닐까? 즉 문무대왕릉은 단순히 바다 위에 있는 능이 아니라 국경선에 위치한 능이었던 것이다.

나의 상상력이 더해지기는 했지만 신문왕이 용이 되고자 한 아버지의 유언을 중요시 여겼다는 증거는 만파식적 말고도 하나가 더 있으니 이제 그 장소를 향해 가보도록 하자.

위풍당당한 감은사지 탑

이견대에서 감은사지까지는 걸어서 10여 분 정도 걸린다. 이견대 쪽 도로 옆 좁은 길이 조금 신경 쓰이지만 차가 많이 다니지 않으니 조심스럽게 움직이자. 좀 가다보면 길이 넓어지면서 걷는 데도 부담이 없어지고 얼마 뒤 보도도 보인다. 그러나 보도는 조금 등장하다 금세 사라지고 또 다시 도로 옆 좁은 길이네. 아이쿠. 힘들다. 나름 유명 유적지가 있는 동네인데 걸어다닐 수 있게 보도 좀 만들어주면 고맙겠다만. 경주 도심지처럼 유동 인구가 많은 곳이 아니니 예산상 힘든 일이겠지. 조금 가다 우회전하여 논을 따라 걸어 가다보면 저쪽 언덕 위에 탑이 우뚝 서 있군.

탑도 보이고 이제 방문하기 직전이니 참고로 말하자면 그동안의 신라 사찰은 알다시피 도심 평지에 거대한 면적으로 구축하는 형식이었다. 어제 만난 황룡사, 분황사가 대표적이며, 이는 평지에 사찰을 만들던 백제에서도 정림사지, 미륵사지 등으로 볼 수 있는 모습이었다. 그런데 감은사는 그동안의 사찰과 달리 높은 언덕 위의 평지로 올라가 있다는 점이 특이하다. 그리고 감은사 이후로 신라 사찰은 산과 같이 높은 지대에 짓는 경우가 많아진다.

즉 이전처럼 평지 내 여러 건축물들을 중요도에 따라 크기를 대비하여 지으며 각기 서열과 위계를 만드는 것이 아니라 자연이 만든 높은 지대에 건축물을 만듦으로써 높고 낮음을 구성하여 서열과 위계가 구축되는 것이다. 또한 이를 통해 사찰 규모는 작아지지만 주변 전체 자연을 포섭하듯 구도가 이루어져 막상 사찰에서 보이는 주변의 공간적 확대감은 더욱 넓어진다. 이런 형식이 더욱 발달하게 되면서 현재 우리에게 익숙한 소위 산 속의 사찰이 만들어지게 되는 것이다. 이것은 신라가 처음 선보인 한국적 미감(美感)이 아닐까?

한편 감은사지로 들어가는 방법은 정면의 높은 계단을 타고 올라가는 것과 측면의 언덕 따라 낮은 계단을 타고 올라가는 방법이 있다. 정면 계단은 꽤

감은사지 삼층 석탑. 감은사는 그동안의 사찰과 달리 높은 언덕 위의 평
지로 올라가 있다는 점이 특이하다. 감은사 이후로 신라 사찰은 산과 같
이 높은 지대에 짓는 경우가 많아진다. ⓒ Park Jongmoo

가파르니 나의 경험상 올라갈 때는 측면의 완만한 계단을 추천한다. 오르기 전에 계단 옆 탑마을수퍼에 들러 토마토 주스와 과자를 좀 샀다. 주스는 마시고 과자는 구경 다 한 뒤 버스 기다리며 먹어야겠다. 이렇게 배고픔을 다시 과자 등으로 때운다. 누가 쫓아오는 것도 아닌데 참으로 바쁘고 즐거운 여행이다. 물론 누가 시키지 않으니 가능한 일이기도 하다.

자 드디어 도착이다. 도심지가 아님에도 사람들이 은근 있구나. 버스가 주차장에 서 있는 것을 보니 경주 관광으로 함께 온 일행들인가보다. 시계를 보니 오전 11시. 감은사 삼층 석탑이 오늘도 같은 자리에서 사람들을 기다리고 있네. 이 탑의 정확한 명칭은 '감은사지 동·서 삼층 석탑'이며 국보 112호다. 가까이서 보면 찰주 포함 13m의 탑이 정말 크고 웅장하다. 특히 어제 국립경주박물관에서 만난 고선사지 3층 석탑과 비슷한 형태를 보이고 있다. 고선사지 탑과 감은사지 탑 모두 신라 3층탑의 시원(始原)이기에 디자인 측면에서도 유사한 면이 있을 수밖에. 그런데 탑을 해체하고 조립하며 얻은 상세한 정보에 따르면 비슷하면서도 다른 점이 세 개의 탑에 있다고 한다.

감은사지 동쪽 탑, 서쪽 탑, 그리고 고선사지 탑 모두 석재 수량이 동일하고 석재 크기도 거의 일치

감은사지에 남아 있는 금당 터 아래 인공 연못을 만든 흔적. 절 중심부에는 용이 된 왕이 언제든지 와서 쉴 수 있도록 새로운 디자인을 선보인다. ⓒ Park Jongmoo

하여 사실상 동일한 설계에 따라 동일한 시점에 만들어진 것으로 본다. 허나 탑의 조립 방식과 내부 구조 등에서 감은사지 동탑은 미숙한 면이 있는 반면 서탑은 이 부분이 조금 더 개선되었고, 고선사지로 가면 더욱 발전된 방향으로 조립되어 사실상 감은사지 동탑 —> 서탑 —> 고선사탑 순서로 만들어진 것으로 추정하고 있다. 이렇게 만들어진 3층탑의 형식은 이후 통일신라 탑의 기본이 되어 경주를 포함 전국적으로 퍼져나갔고 덕분에 한국인에게 탑,

하면 인식되는 하나의 이미지로 남게 된다. 그러나 석재가 어마하게 들어간 초기 3층 석탑과 달리 시간이 갈수록 탑에 들어가는 석재 숫자는 줄고, 조립 및 디자인도 간단해진다. 3층 탑이 본격적인 대량 생산화 되면서 일어난 현상이다. 나름 산업화라고 해야 하나?

한편 감은사지 3층 석탑의 남다른 포스는 크기뿐만 아니라 찰주(刹柱)에도 있는데, 탑머리 위에 기다란 철로 된 찰주가 마치 칼이나 창을 꽂아둔 듯 보여 개인적으로는 살벌한 분위기를 느끼곤 한다. 본래 탑 중심을 잡아주는 찰주가 뼈처럼 있고 그 표면에 상륜부가 꿰어져 장식되어 있어야 하나 오랜 세월 동안 상륜부가 부서져 사라지면서 뼈가 드러나듯 찰주만 남게 된 것이다. 삼한일통을 넘어 당까지 물리친 문무왕을 위한 사찰에 건물은 사라지고 오직 탑만 남아 자리를 지키고 있음에도 높은 하늘에 도전하듯 뻗어 있는 찰주가 마치 과거의 강력했던 신라군의 위용처럼 보인다.

여기서 궁금한 점은 그동안 목탑에 집중하던 신라에서 왜 이 시점부터 석탑을 만들기 시작한 것일까? 역시나 재료가 지닌 보편성이 가장 큰 것이 아닐까 싶다. 화강암이 널리 분포되어 있는 한반도에서 돌을 이용해 탑을 만드는 것은 언젠가 자연스럽게 이어질 부분이었다. 그것이 삼국통일 이후 돌로 탑을 만든 경험이 풍부했던 백제를 신라가 흡수한 뒤로 속도감이 붙게 되었고, 이윽고 목탑을 대신하는 석탑 시대를 열게 된다.

혼한 돌을 재료로 이용하면서 목탑보다 더 많은 지역에서 쉽게 탑을 세울 수 있게 되었으며, 절의 크기도 작아진다. 목탑에 비해 넓은 면적이 필요 없는 것이 석탑이라 가능한 일이었다. 비용이나 면적에서 부담이 적어지니 그만큼 사찰 숫자도 폭발적으로 늘어난다. 이에 경주에서 시작된 3층 석탑은 점차 확산성을 지니고 전국으로 퍼져나갔다. 전설에 따르면 인도를 통일한 아소카왕이 불법을 위해 인도 전역에 8만 4000개의 탑을 세웠듯이, 신라 역시 삼국 통일을 이룩한 영토 곳곳에 신라식 석탑을 만들면서 한반도 전체를 불국토로 만들어 낸 것이다. 진흥왕의 전륜성왕 꿈도 이렇게 최종 완성된다.

그럼 3층으로 탑을 만든 이유는 무엇일까? 짐작건대 목탑을 대신하면서도 일정한 권위를 부여할 수 있으며, 비례와 크기에서 아름다움을 추구하면서도 큰 비용이 들지 않는 효과적인 디자인을 고민한 결과로 만든 것이 아닐까. 왜 하필 3층인지에 대한 자세한 이야기가 전해지지 않는다. 다만《삼국유사》에 따르면 황룡사 9층 목탑을 만들 때 9층 하나 하나에 주변 나라를 대입한 적이 있었다. 1층부터 차례로 일본, 당, 오월, 탐라, 백제, 말갈, 거란, 여진, 고구려가 그것으로 이들 9국가를 언젠가 신라 밑에 무릎 꿇리겠다는 의지를 보인 것이다. 이런 대입이 이어졌다면 3층 석탑의 디자인은 삼한일통, 즉 삼국이 하나가 되었다는 선언을 내포하고 있었던 것이 아닐까? 당나라와 전쟁을 벌이며 신라가 유독 강조한 사상이 삼한일통이기도 하였으니, 전국에 세울 탑에 들어갈 철학으로도 안성맞춤이다.

이제 탑은 충분히 감상했으니 다음으로 감은사 지에 여전히 남아 있는 용의 전설을 찾아보기로 하자. 사실 이 사찰은 문무왕이 처음 만들기 시작했으나 그 끝을 보지 못하고 승하하자, 신문왕이 아버지의 뜻을 이어받아 완성한 절이다. 그 과정에 문무왕은 용이 되어 나라를 지키겠다고 유언하여 동해에 화장된 후 대왕암에 모셔졌으니, 절 중심부에는 용이 된 왕이 언제든지 와서 쉴 수 있도록 새로운 디자인을 선보인다. 이곳에 남아 있는 금당 터를 보면 아래에 인공 연못을 만든 흔적이 보인다. 다름 아닌 인공 연못 위에 돌로 판을 짜서 바닥을 만들고 다시 그 위에다 절을 꾸민 것이다. 이 역시 보기 드문 방식이자 신라가 선보이던 새로운 사찰 구조인 2탑 1

금당 식이라 하겠다. 이와 관련하여 《삼국유사》에
전해져오는 이야기가 있다.

문무왕께서 왜군을 진압하려고 이 절을 짓기 시
작하셨지만 다 마치지 못하고 세상을 떠나시어 바
다의 용이 되셨다. 그 아드님이신 신문왕께서 왕위
에 오른 해인 개요 2년에 공사를 마쳤다. 금당 돌계
단 아래에 동쪽을 향해 구멍을 하나 뚫어두었으니,
곧 용이 절로 들어와 돌아다니게 하려고 마련한 것
이다. 왕의 유언에 따라 뼈를 보관한 곳이므로, 대
왕암(大王岩)이라고 불렀고, 절은 감은사(感恩寺)
라고 하였다. 뒤에 용이 모습을 나타낸 곳을 이견
대(利見臺)라고 하였다.

《삼국유사》기이(紀異)편, 만파식적

《삼국유사》의 기록처럼 절에 용이 다닐 수 있는
길을 만들었고 이를 위해 인공으로 만든 연못 위에
절을 올렸음을 알 수 있다. 쾌릉이 연못을 메운 땅
이라 물이 많아 관을 걸어 두었다 하여 지어진 이름
인데, 진짜 돌을 걸어두고 만든 곳은 감은사였음을
알 수 있다.

이렇게 아버지를 위해 남다른 노력을 한 신문왕.
효성이 남다르게 느껴진다. 수원 화성에서는 정조

의 효성을 강조하며 매년 크게 홍보하고 축제를 하는데, 경주에서도 신문왕의 문무왕에 대한 효성을 부각하고 알리는 전국적 축제를 하면 어떨까. 아버지를 향한 마음은 정조와 비교해도 결코 부족하지 않을 듯싶다.

오랜만에 이렇게 감은사지에 와서 문무왕의 흔적을 찾아보았다. 문무왕은 공에 비해 현재 한국 역사에서 매우 저평가된 인물이라 생각하기에 개인적으로 능력과 시간이 되는 한 문무왕 이야기를 계속 해보고 싶다. 그럼 다음 코스는 불국사로 할까? 그 이유는 위대한 통일신라 시대의 문화를 상징하는 곳이기 때문이다. 끈기 있게 싸워 최후의 승리를 거둔 신라는 과연 어떤 세계관까지 만들어 냈을까.

7

불국사

불국사 가는 길

감은사지 구경을 끝내고 나니 어느덧 시간은 12시를 넘어가고 있다. 그런데 이곳에서 불국사 가는 길이 꽤 귀찮다. 한 번에 가는 버스가 없으니 갈아타야 하는데, 뻥뻥 돌아서 경주 보문단지까지 가서 버스를 갈아타는 방법이 있고, 중간에 한국수력원자력 본사에 내려서 갈아타는 방법이 있다. 다만 두 방법 모두 귀찮기는 하다. 잠시 생각하다 결정했다. 한국수력원자력본사까지는 버스를 타고 가고, 그곳에서는 택시를 타고 가기로 한다. 처음부터 택시를 타도 좋은데, 그냥 적당히 시간을 즐기면서 가보고 싶어졌다.

다만 감은사지에는 버스가 정말 오지 않아 당황

스러울 때가 종종 있다. 스마트폰 앱을 통해 보아도 시내의 버스 시간은 나오지만 외곽인 이곳은 나오지 않은 경우도 있고 그 반대인 경우도 있다. 버스가 자주 안 다니니 일어나는 현상이다. 그래서 경주 여행을 할 때 문무대왕릉이나 감은사지까지 오고 싶다면 렌터카를 이용하거나 또는 경주시티투어의 동해안투어 코스를 이용해 도는 것을 추천한다. 동해안 시티 버스 투어는 "승차—경주전통명주전시관—감은사지—문무대왕릉—양남주상절리—골굴사—괘릉—하차" 흐름으로 이동한다. 특정 지역에 도착하면 관광할 시간을 여유 있게 두고 다음 여행지로 옮겨가는 방식이라 생각 외로 편리한 여행이 가능하다. 가격도 이동 시간과 거리를 생각하면 저렴한 편이다.

그러나 뚜벅이 여행을 좋아하는 사람이라면 버스 시간을 틈틈이 확인하고, 만약 버스를 놓치면 다음 버스 시간까지 여유를 가지며 즐기는 마음이 필요하다. 1시간에 1대 오는 버스라 체크가 필수다. 거기다 주말이나 저녁에는 버스 타고 경주 시내로 복귀 자체가 어려워질 때가 있다. 상상 이상으로 차가 많이 몰려 경주 시내가 교통 체증으로 가득 차고, 이에 버스도 밀리기시작하면 1시간이 아니라 2시간 넘게 기다려도 버스가 오지 않을 수 있으니 조심하

자. 마치 감은사지와 영원히 친구가 되는 느낌으로 이곳에 있게 된다.

오늘은 운이 좋은지 감은사지에서 경주 시내로 가는 버스가 조금 빨리 오는군. 나 외에도 대학생쯤 되는 5명이 모인 팀이 한참 자기들끼리 신나게 떠들다가 버스가 오니 소리치며 반긴다. 이들과 함께 버스를 탄다. 다만 시끄러울 수 있어 이를 피해 청년들 저 뒤로 자리를 잡았다. 역시나 저 팀은 여러 이야기로 시끄럽다. 이렇게 여행을 즐기는 방법도 사람마다 다름을 느낀다. 물론 나도 대학생 시절 친구와 함께 여행 와 와자지껄 떠들며 놀 때도 있었다. 이것도 추억인가?

40여 분 버스 여행을 하다 중간에서 나는 내린다. 대학생 친구들은 아침 일찍 감은사지를 구경하고 경주 시내로 가는 모양이네. 그럼 안녕.

자. 이곳에서는 다시 한 번 카카오택시를 사용해 본다. 얼마 뒤 예약한 택시가 오고 "불국사로 가신다 하셨죠?" 택시 기사의 물음에 "맞습니다."라고 답했다. 택시는 쭉쭉 달리고 미터기도 빠르게 달린다. 대신 시간은 엄청나게 절약될 듯하다.

불국사역에서 불국사로 가까워질수록 수학 여행때 숙박했던 숙소들이 보인다. 숙박 시설의 왕국이라 느껴질 정도로 불국사 앞에는 다양한 유스호스

텔이 존재하는데, 이들은 수학 여행이 경주로 획일화되던 60년대 이후 우후죽순으로 만들어진 숙박 시설이다. 유스호스텔(Youth Hostel)이라는 이름에서 알 수 있듯이 청소년을 위한 용도로 만들어졌으나 요즘은 게스트하우스 개념으로 발전하여 화장실, 샤워실은 공용이되 잠은 각자 따로 잘 수 있도록 캡슐호텔식 작은 침대를 갖춘 세련된 곳도 많다. 물론 성인도 사용 가능하다. 조식이 숙박에 함께 계산되는 곳도 있으며, 일반 호텔에 비해 저렴하다는 것이 장점이다.

불국사 정류장까지 오니 택시비는 1만3000원이 나왔으나 시간은 15분 만에 도착했다. 만약 감은사지부터 탔으면 3만 원 가까이 나왔을 것이다. 택시 기사님과 인사를 하고 내린 뒤 스마트폰으로 오후 1시를 지나는 시간을 확인하고 불국사로 이동하는데, 공기는 맑고 발걸음에 여유가 생긴다. 아무래도 산속에 위치한 절에 와서 그런가보다. 그래도 2000년대 중반까지는 불국사에서 밤하늘을 보면 별이 쏟아질 듯이 보이곤 했었다. 토함산 앞이라 공기가 좋았던 시절이다. 그러나 요즘은 경주에도 차가 많아져 매연이 늘어 그런지 별이 그다지 보이지 않는다. 이곳은 경주 시내보다는 별이 좀 보이던데 지금은 낮이라 확인이 불가능하군.

불국사 버스 정류장에서 불국사까지는 걸어서 10여 분 걸린다. 불국사로 올라가다보면 노상에 번데기, 군밤, 은행꼬치 파는 곳이 참 많다. 특히 번데기 냄새가 길가에 가득하다. 아무래도 외국인 관광객이라면 비위가 좀 상하지 않을까 싶다. 번데기가 냄새도 그렇지만 보기에도 좀 무섭다. 나는 한국인이라 큰 문제없이 가게에 들러 번데기는 아니고 군밤을 사서 천천히 먹으며 올라간다. 배가 고파서인지 참 달고 맛있다.

불국사까지 등산하듯 걸어가는데 이 길이 봄에는 벚꽃으로, 가을에는 단풍으로 아름다운 것은 비밀 아닌 비밀이다. 당연히 주말마다 차가 주차장에 가득 차고 사람들이 길에 가득한 것도 비밀 아닌 비밀이겠다. 참고로 불국사 관광객 역시 국립경주박물관과 유사한 1년에 140만 명 수준이다. 삼보 사찰이자 한국 최대 규모의 절로 알려진 해인사가 1년에 76만 방문객 수준이니 이와 비교하면 얼마나 불국사의 인기가 대단한지 알 수 있다. 얼마 뒤 매표소가 보인다. 표를 끊고 들어가면 본격적으로 불국사 구경 시작이다.

불국사는 개인 사찰인가, 국가 사찰인가

한국인이면 누구나 불국사와 석굴암을 세트처럼 함께 외우고 있다. 1995년, 유네스코 세계문화유산에 등록될 때도 불국사와 석굴암은 당연히 함께 지정되었다. 이처럼 세트로 인식되는 가장 큰 이유는 두 장소를 동시에 만든 인물이 통일신라 시대 재상을 지낸 김대성(金大城, ?~774년)이기 때문이다. 그는 현생의 부모를 위해 불국사를, 전생의 부모를 위해 석굴암을 지었다고 하는데, 이와 관련한 이야기가 불교적 가치관이 듬뿍 담긴 완성도 높은 설화로 남아 있다.

김대성은 경주 모량리의 가난한 집에서 태어나

작은 밭을 일구며 어머니와 함께 살아가고 있었다. 그런데 지나가던 스님이 시주를 받고자 하자, 어머니를 설득하여 유일한 재산이었던 밭을 절에 시주하게 된다. 시주를 한 지 얼마 되지 않아 김대성은 갑자기 죽음을 맞이하였고, 재상 김문량의 집으로 환생한다. 이때 태어난 아이의 손에는 김대성이라는 글이 씌어 있는 금빛 물건을 쥐고 있었고, 꿈에서 이미 "모량리의 대성이라는 아이가 너의 집으로 의탁하러 올 것이다."라는 하늘의 소리를 들었던 김문량은 아이 이름을 대성으로 짓고 전생 어머니를 모셔와 함께 살도록 했다.

어느덧 청년이 된 김대성은 사냥을 무척 좋아했는데, 산에서 곰을 잡은 날, 꿈에 곰이 나타나 자신을 죽이려 하자 깊은 반성을 하고 앞으로 살생을 그만두기로 한다. 그리고 죽은 곰을 위해 절을 세운다. 이윽고 자신의 전·현생 부모가 나이를 먹고 세상을 떠나자 석굴암과 불국사를 짓기로 하였으니 이후 무려 수십 년이나 걸리는 대공사였다. 하지만 김대성 생전에는 절이 완성되지 못하였고 그가 죽자 국가에서 사업을 진행하여 마무리한다.

이 일화는 환생이라는 불교식 이야기에 김대성의 삶이 잘 포개짐으로써 완성도 높은 서사 구조를 갖춘 데다가, 그 결과물인 불국사, 석굴암이 오랜 기간 당당하게 존재하면서 신라 시대 효(孝)의 대표적인 이야기로 남게 된다.

다만 어릴 적에는 이 이야기를 읽으며 '그렇구나.' 하는 심정뿐이었으나 대학생이 되어 소유권이라는 어려운 개념을 이해하기 시작하면서 '그래서 불국사, 석굴암은 어디에 귀속된 사찰이었나?' 하는 궁금증이 일었다. 김대성 개인의 것인지, 아님 국가 사찰이었는지 이 부분이 궁금했다고나 할까? 이에 다양한 자료를 접하고 찾아보니 "불국사와 석굴암이 김대성의 개인적 불심으로 만들어졌으나, 마지막은 국가에서 사업을 마무리한 점으로 미루어 국가 사찰이다."라는 주장이 있으며 반면에 "김대성 또는 그의 집안이 운영하던 개인 사찰이다."라는 주장도 있다. 학자들도 의견이 분분한 듯 보였다. 다만 신라 시대 기록을 볼 때 국가 지원 없이 김대성이 가문의 힘으로 절을 만드는 것이 전혀 불가능한 일은 아니었음을 짐작할 수 있다.

실제 신라 시대에는 국가 사찰이 존재했지만, 귀족들도 자신의 집안 사찰을 만들어 운영하기도 하였다. 예를 들어 황룡사가 국가를 대표하는 사찰이라면 삼국 통일 이후 만들어진 경주 감산사는 중아찬이었던 김지성이 아버지와 어머니의 명복을 위해 만든 절이다. 이때 김지성은 아버지를 위해 아미타불상 1구, 어머니를 위해 미륵보살상 1구를 만들었는데, 현재는 각각 국보 82호, 81호로 지정되어 국립중앙박물관에 전시되고 있다. 대단히 빼어난 솜씨로 조각된 석불이다. 흥미로운 점은 김지성이 6두품 신분으로 당시 최고 신분인 진골 계층이 아니었음에도 왕실의 총애로 관직을 하며 얻은 토지를 희사하여 감산사라는 절을 만든 것이다. 그렇다면 진골인 김대성 가문이라면 그보다 더 화려하고 큰 사찰도 만들 수 있지 않았을까?

신라 재상가는 녹이 끊이지 않고 가노들이 3000명이다. 갑병, 소, 말, 돼지의 숫자도 그 수와 비슷하다. 바다 가운데 있는 산에서 목축하고, 잡아먹어야 할 때 쏘아 잡는다.

《신당서》 동이 열전 신라 편

이 기록은 당대 신라 귀족들의 부가 어느 정도였는지를 묘사하고 있다. 특히 보유한 인원이 3000명이라는 것은 지금 보아도 엄청난 숫자임이 틀림없다. 요즘도 아파트 10개 동 정도의 규모 있는 단지를 만드는 데 하루 500명 정도의 노동자가 동원되고 있다. 시대가 다르지만 얼추 공사에 동원되는 노동력을 500명에 맞춘다면 진골 입장에서 충분한 인원 모집이 가능하지 않았을까? 참고로 황룡사 9층 목탑 하나 만드는 데 장인 200명이 동원되었다는 기록이 있다.

뿐만 아니라 진골 귀족이 왕실과 경쟁하며 성덕대왕신종의 네 배 넘는 구리를 지원해 황룡사 대종을 만들었다는 《삼국유사》의 기록을 보아도 당대 진골의 부(富)는 남다른 점이 있었다. 삼국 통일 이후 신라는 이처럼 부가 경주에 집중되면서 소비 문화와 과시욕도 대단한 시대를 연 것이다. 결국 "수백 년 간 역사에 남을 절을 만들기 위해 모든 것을 투자하겠다."라는 의지가 있다면 김대성 가문의 힘만으로도 불국사, 석굴암을 만드는 것도 충분하다고 생각된다.

물론 그만한 부가 있다 하더라도 실천으로 옮긴다는 것은 엄청나게 어렵고 끈기가 필요한 일이었기에 김대성의 이름이 역사에 남게 된 것이다. 여기서 다시 한 번 전생의 김대성이 집안의 유일한 재산인 밭을 절에 시주하여 새로운 몸을 받았다는 것에 주목해보자. 김대성이 집안의 모든 부를 불국사와 석굴암을 세우기 위해 투입하는 모습을 본 당시 사람들이 "그의 전생도 당연히 그러했을 것이다."라고 이야기한 것이 후대에 이와 같은 전생 설화를 만들게 한 것은 아닐까? 이처럼 윤회할 때마다 모든 것을 부처를 위해 공양하는 불심이 곧 신라인이 본 김대성의 모습인 것이다.

그렇다면 다시 돌아가서 당시 완성된 불국사는 김대성 가문의 것이었을까? 국가의 것이었을까? 풀리지 않는 비밀이다. 앞서 여러 예를 들었듯이 불국사, 석굴암 건설이 김대성 가문의 힘으로 충분히 가능하다고 여기지만, 남아 있는 자료의 한계로 100% 정답은 이야기할 수가 없다. 다만 김대성 설화를 읽어볼 때 당대 불사로는 대단한 이목을 끌었던 것은 확실하다. 또한 《삼국유사》를 보면 귀족이 만든 가문 사찰의 예가 무척 많았음을 알 수 있으나, 이 정도로 한 개인의 이름이 부각되는 경우는 무척 드물다는 것을 볼 때 내 개인적으로는 김대성 가문의 사찰이 아닐까 생각하고 있다.

어쨌든 영원히 풀리지 않을 비밀일 수 있으니 불국사 올 때마다 매번 생각해보고 있다. 이 핑계로 다음에도 또 오겠지. 개인 사찰인지 국가 사찰인지 의문을 풀기 위해 방문한다는 명목으로.

신묘한 돌의 세계

불국사는 다른 절과 달리 돌로 기단이 단단히 잡혀 있는 부분이 무척 인상적이다. 사각의 기둥 안에 크기와 선이 딱 맞게 돌이 차곡차곡 쌓여 돌담처럼 쭉 연결되어 있고 그 위에 나무로 된 건물이 올라서 있어 무척 치밀하고 안정된 느낌을 준다. 물론 김대성이 기초부터 공을 얼마나 들여서 만들었는지도 이 부분을 통해 알 수 있다.

특히 불국사의 흥미로운 점은 산자락 아래에 위치한 사찰의 형태라 하겠다. 앞서 감은사지에서도 잠시 이야기했지만 신라는 어느 시점부터 평지에 짓던 사찰을 산 위에다 만들기 시작했다. 언덕 위 사찰 감은사지(682년 창건)와 산 위 사찰 해인사

(802년 창건) 사이에 만들어진 것이 다름 아닌 불국사였다.

사찰 형태에도 그 특징이 반영되어 있다. 산의 높고 낮음에 맞추어 자연스럽게 건물들을 배치한 해인사에 비해 불국사는 산자락의 특성을 활용하여 낮은 지형에 돌로 기단을 단단히 쌓아 올려 높은 쪽과 경사를 맞춘 후 절의 건물이 만들어질 공간을 평평하게 구성하여 사찰을 올린 것이다. 이에 절의 입구를 연화교와 칠보교, 청운교, 백운교라는 인위적으로 만든 돌 계단을 통해 들어가면 평평한 평지 안에 건물들이 규격에 맞추어 들어서 있다. 반면 해인사의 경우는 사찰 안에 들어와도 여전히 산 경사에 따라 건물들이 배치되어 있어 들쑥날쑥 경사감이 느껴진다.

이러한 형태는 드디어 산을 배경으로 한 사찰을 만들기 시작하였으나 여전히 평지 사찰 때의 건축 방식을 고수하여 나온 절충안이었다. 인위적인 형태가 잘 느껴지는 불국사의 돌 기단은 사찰 발전 단계 한 지점의 증거이기도 한 것이다. 그리고 이렇게 만들어진 돌 기단 덕분에 불국사의 원형을 지금도 알 수 있다. 사실 불국사 역시 지어진 이후 오랜 역사를 보냈기에 한반도에 위기가 닥칠 때마다 그 고통을 함께 느낄 수밖에 없었다. 특히 임진왜란 때 일본군에 의해 불타는 등 큰 피해를 입은 불국사는 이후 경주 사람들의 노력으로 네 차례나 재건하며 버텼지만 조선 말기에 이르러 폐사지 수준으로 겨우겨우 유지한 채 이어지게 된다. 그럼에도 김대성이 남다른 공을 들여 쌓은 돌이 끝까지 남아 불국사의 원형 일부를 지키고 있었기에 근현대 들어와서 재건이 가능했다.

그렇다면 깔끔하게 구성된 불국사의 돌담과 돌다리, 더 나아가 석가탑, 다보탑 같은 아름다운 곡선을 지닌 돌탑, 석굴암과 같은 돌로 만든 인공 석굴에 석굴암 본존불처럼 완벽한 이상적인 신체를 보여주는 석불 등은 누구의 손으로 만들어진 것일까? 물론 김대성의 지도 아래 여러 장인들이 동원되었겠지만 그들이 누구인지는 알려져 있지 않다. 이런 저런 자료를 통해 일부 유추는 가능하지만 말이다. 이 부분에서도 재미있는 이야기가 하나 연결된다. 바로 아사달과 아사녀 일화가 그것이다.

김대성이 불국사를 지을 때 뛰어난 석공이 필요하자 백제의 소문난 석공 아사달이 동원되었다. 그에게는 아사녀라는 부인이 있었는데, 석가탑을 만드는 동안 집으로 오지 못하는 아사달을 만나고 싶어 불국사까지 찾아왔다. 그러나 탑을 만드는 동안 여자를 만날 수 없다며 제지받아 남편을 만날 수가 없었다. 이에 아사녀는 탑이 완성되면 연못에 그 그림자가 비출 것이라 생각하여 몇날 며칠을 기다렸으나 탑의 꼭대기는 보일 생각을 하지 않고 결국 지친 그녀는 연못에 몸을 던져 죽음을 맞이했다. 석가탑이 완성된 후에야 아사녀가 찾아왔다는 이야기를 들은 아사달은 급히 연못으로 갔으나 이미 그녀는 없었고, 석불을 조각하여 추모한다. 이에 석가탑이 연못에 그림자가 비추지 않았다고 하여 무영탑(無影塔)이라고 불린다.

이 일화는 굉장히 유명한 이야기이나 실제 존재하는 기록은 아니라 한다. 1939년 현진건이 쓴《무영탑》이라는 소설을 통해 소설적 허구로 재탄생한 것이다. 동은(東隱) 화상이 쓴《불국사 고금역대기》(1740년) 기록에 석공인 오빠와 그의 여동생 아사녀가 등장하는 것을 소설가가 오빠를 아사달이라는 남편 캐릭터로 바꾸어 안타까운 사랑 이야기로 만든다. 하지만 이것이 말이 되는 구조인 데다 오히려 울림이 있어 실제 전해진 이야기를 대체하여 사실 같은 이야기로 남은 것이다.

하지만 소설처럼 실제 신라에서도 아사달 같은 장인들이 존재했고 고대, 중세 시대에는 기술자를 따로 모아 철저히 관리하였기에 남다른 손재주가 있었던 이들은 신라 왕실, 귀족의 집안에 기술자로서 봉사하였다. 관련된 내용이 《삼국유사》에도 나오는데, 황룡사대종에 대해 서술하며 "장인(匠人)은 이상택(理上宅) 하전(下典)이었다."라는 부분이 나온다. 황룡사대종은 성덕대왕신종의 네 배가 넘는 구리가 투입된 커다란 종이었는데 이를 이상택이라는 신라 저택에 소속된 장인이 만들었다는 의미다.

즉 귀족 소속 장인이 존재했음을 의미한다. 반면 국가 장인의 경우에는 박사라고 불러 우대했는데, 성덕대왕신종 명문에는 "주종대박사(鑄鐘大博士)"라 하여 종을 만드는 책임 전문가 명칭과 그의 관등 및 이름 박종일까지 등장한다. 국가 장인은 나름 귀족 출신에 이름도 남길 수 있을 정도로 높은 대우를 받았다. 이처럼 신라에는 장인들이 존재했으며 당시 경주 곳곳에 사찰이나 석탑을 짓는 일이 많았으니, 이들이 이때마다 동원되었다. 결국 김대성이 개인 사찰을 만들든 국가 사찰을 만들든 이처럼 다양한 신분의 장인들이 동원된 것은 분명해 보인다.

그리고 그 장인 중에는 소설 속 아사달처럼 조상은 백제 출신으로 경주로 이주하여 신라인이 되었으나 그럼에도 핏줄로 차별 대우받는 장인도 있지 않았을까. 그래서 난 소설이라는 것을 알게 된 이후에도 '아사달, 아사녀' 이야기가 진짜처럼 여겨진다. 통일신라라는 화려함 속에 가려져 안타까운 삶을 살았던 나라 잃은 사람들의 한이 느껴지기 때문이다. 이런 여러 가지 이야기가 복합적으로 다가온다는 점이 내가 불국사를 좋아하는 이유이기도 하다.

이처럼 불국사에 오면 김대성의 이야기도 들리고, 한때 일본에 의해 불타더니 일제강점기 시대에는 반대로 일본에 의해 복원된 불국사 이야기도 들리며, 현대에 새로 부각된 불국사도 들린다. 통일신라 시대 돌 하나하나 땀을 흘려가며 조각하고 운반하던 신라, 백제 사람들의 이야기도 들린다. 정말 다양한 이야기가 남아 있는 불국사인 것이다.

두 개의 석탑

언제나 그렇듯 불국사 안은 사람들로 가득하다. 오늘도 역시나 평일임에도 미취학 아이들과 함께 온 가족들, 그리고 외국인, 근처 대도시에서 온 대학생들, 등산복을 입은 팀, 초중학교 팀 등등 많은 이들이 불국사를 구경하고 있다. 이들이 가장 관심 있어 하는 장소는 역시나 대웅전 앞에 석가탑과 다보탑으로 사진 찍느라 가장 몰려 있으며 바쁜 곳이기도 하다. 특히 바깥 회랑 쪽에서 찍으면 탑의 상륜부 부분이 운치 있게 기와와 어울려져 나오기에 대웅전 이외에 공간까지 탑을 주인공으로 사진 찍는 사람이 많다.

그런데 국보 21호인 석가탑의 이름이 본래 석가

불국사 석가탑. 국보 21호. ©나문배(경주시 관광자원 영상이미지)

탑이 아니었다고 하던데 아시는지?

1966년, 석가탑을 해체 수리하는 과정에서 세계에서 가장 오래된 목판 인쇄물인 무구정광대다라니경(無垢淨光大陀羅尼經)이 발견된다. 더욱 놀라운 것은 이와 함께 고려 시대 때 탑을 중수하면서 넣은 "불국사무구정광탑중수기(佛國寺無垢淨光塔重修記,1024년)", "불국사서석탑중수형지기(佛國寺西石塔重修形止記,1038년)"도 함께 나오는데, 여기서 중요한 단서가 발견된 것이다. 고려 시대 만들어져 중수할 때 넣어진 내용에 따르면 불국사의 석가탑을 각기 "무구정광탑" 그리고 "서석탑"이라 표기하고 있었으니까. 즉 석가탑은 한때 무구정광탑, 또는 서석탑이라 불린 것이다.

또한 석가탑에서 발견된 무구정광대다라니경은 여러 조사 결과 통일신라 시대에 만들어진 것으로 추정하고 있으며, 제작된 시기는 대략 8세기로 보고 있다. 이 무구정광대다라니경의 내용은 다음과 같다.

부처님이 가비라 성에 있을 때였다. 불교를 믿지 않는 한 바라문이 7일 후면 죽을 것이라는 점쟁이 말을 듣고 부처님을 찾아왔다. 부처님은 말했다. "당신은 7일 후에 죽어 지옥에 갈 뿐만 아니라,

계속해서 고통을 면치 못할 것이다." 이에 바라문은 지옥의 고통에서 벗어나 구원받을 길을 알려달라고 청한다. 이에 부처님은 구원받을 길을 말한다.

"가비라 성 삼거리에 있는 낡은 탑을 수리하고 따로 작은 탑을 만들어 그 안에 다라니를 써넣고 단을 만들어라. 그러면 이 복으로 인해 수명이 연장되고 죽어서 극락왕생해 백 천 겁 복락을 받을 것이다." 또한 붓다가 일러준 여섯 가지 다라니 법대로 하면 육바라밀(六波羅蜜)을 한꺼번에 성취하며, 갠지스강의 모래알만큼 많은 탑을 만든 것과 같은 선근복덕(善根福德)의 무더기를 얻게 될 것임을 말씀하자 모두 듣고 환희하며 받들어 행했다.

본래 경전 내용은 이보다 훨씬 길지만 대략 요약하여 정리해보았다. 그런데 무구정광대다라니경에 따르면 부처는 탑의 중수를 새로운 불탑을 건립하는 것과 같은 비중으로 이야기한다. 즉 새로운 탑을 만드는 것만큼 이미 만들어진 탑을 관리하는 것 역시 중요함을 의미했다. 또한 탑을 중수하는 것만으로도 탑을 새로 세우는 것과 같은 공덕을 쌓을 수 있다면 수없이 많은 발원자들은 경제적 부담을 덜 지니며 불사에 참여할 수 있으면서도, 그 만족감은 탑을 만든 것만큼이나 풍족하게 느낄 수 있다. 결국 불교 신앙에 대한 접근성과 지속성을 동시에 확보할 수 있는 묘안이자, 부자가 아닌 일반 사람들도 십시일반 자신의 불심을 보일 수 있는 기회이기도 한 것이다.

이에 많은 신라인들은 이 경전을 특히 좋아하여 석탑에 경전 또는 작은 탑을 만들어 자신의 발원과 함께 넣었다. 그 결과 석가탑뿐만 아니라 신라의 석탑에서 무구정경 혹은 소탑이 봉안된 사례가 여럿 발견된다. 결국 무구정광대다라니경은 석탑을 짓고 관리, 유지시키는 데에 거대한 원동력이 된 경전이었던 것이다. 오죽하면 통일신라 시대의 석가탑을 고려 시대에 새롭게 중수한 그 기록까지 세세히 탑 안에 남겼을까.

그렇다면 국보 20호인 다보탑은 어떻게 불렀을까?

그건 내용이 없어서 글쎄다. 서쪽에 위치한 석가탑을 서석탑이라 하였으니 동쪽에 위치한 다보탑은 동석탑이라 불렀을지도 모르겠네. 다만 다보탑의 모양이 참 특이하다는 것은 누구나 인정할 것이다. 마치 돌 하나하나를 목조 조각처럼 껴 맞추어 제작된 다보탑은 실제 당시 신라에 존재했던 목탑의 디

불국사 다보탑, 국보 20호. ⓒ 경주시 관광자원 영상이미지

자인을 그대로 모방하여 만든 것으로 추정된다. 즉 디자인의 회귀라고 할 수 있겠다.

사실 석탑이 처음 탄생했을 때는 목탑의 디자인을 바탕으로 제작되었다. 그 대표적 예시가 바로 익산에 있는 국보 11호 미륵사지 석탑이다. 백제인은 돌로 처음 탑을 만들면서 철저하게 목탑의 형태를 모방했다. 그러나 시일이 지나며 점차 목탑 디자인에서 벗어나 돌이 지닌 성질을 최대로 살린 3층 석탑이 신라에서 크게 유행하게 되었다. 이는 석탑만의 독자적 미감이 정립된 것을 의미했다. 그렇게 3층 석탑의 전형이 만들어지고 제작되고 있을 때 김대성은 디자인을 다시금 과거로 회귀하여 목탑 디자인을 한 다보탑을 만든 것이다. 이유는 왜일까?

불국사가 만들어지던 시점 통일신라 왕의 무덤은 디자인 면에서 한 번 더 새롭게 변모한다. 고분의 크기는 과거에 비해 훨씬 작아졌으나 오히려 세계관은 탄탄한 형태였다. 약 4.5~6m 높이인 무덤 주위로 둥그렇게 판석을 두르고 12지신을 장식하였으며, 그 바깥으로 다시 한 번 돌로 난간을 만들어 빙 둘렀다. 이를 통해 고분을 단단하게 돌로 지탱시켜서 잘 무너지지 않게 하면서도 장식된 돌로 장식미를 극대화한 것이다. 또한 왕릉은 이전처럼 여러 고분들과 함께 모여 있는 것이 아니라 각기 자신의 영역을 지니고 하나씩 따로 만들어졌다. 이는 곧 전제왕권의 완성을 의미하며 왕 자체만으로도 이미 그 권위가 수립되었음을 보여준다. 통일신라 왕릉이 궁금하면 대표적으로 경주 성덕왕릉과 원성왕릉을 방문해보자.

그런데 이렇게 변모한 신라 왕릉의 디자인을 학계에서는 인도의 스투파와 연결하여 설명하고 있다. 스투파는 인도에서 부처의 사리나 유골을 모신 무덤들을 의미하며 그 형태는 반구형의 돔 형태를 하고 돌로 난간을 만들어 빙 둘러 장식을 하였다. 마치 신라 왕릉의 모습과 비슷한 것이다. 이를 볼 때 통일신라 시대 신라인들은 인도로부터 직접 불교 관련한 여러 유적 정보를 확보하고 있었음을 알 수 있다. 이런 정보를 바탕으로 부처의 사리를 모신 스투파 형태로 왕릉을 만든 것은 부처의 권위를 왕에게 입히고자 하는 노력이었으며, 더 나아가 부처의 무덤을 닮은 무덤에 묻힌 왕은 그 자체로 부처의 재림임을 직간접적으로 보인 것이다.

바로 이런 시점에 다보탑은 과거 회귀의 장식을 선보인 것이니 이는 곧 당시 신라 불교가 중국, 더 나아가 인도까지 찾아가며 더 근원적인 시원을 찾던 분위기와 연결할 수 있겠다. 이에 중국 영향으로 한반도에서 처음 만들어진 탑의 형태인 목탑을 돌로 다시금 재현하면서 그 기원을 찾는 분위기를 연출한다. 이를 통해 신문화이자 신라에서 만들어낸 3층 석탑인 석가탑과 본래 탑의 기원을 그대로 표현한 다보탑이 함께 있게 되니, 이로서 불법의 과거부터 현재까지 불국사 한 자리에서 선보인 것이다. 즉 다보탑과 석가탑을 통해 신라 불교 세계관의 확대, 그리고 탄탄한 족보를 이야기하고 싶었던 것이다. 인도와 중국으로부터 부처의 말씀(다보탑)을 신라가 받아들여 불교가 시작되었으나, 결국 신라인들은 자신의 것으로 이를 완성(석가탑)시켰다는 이야기.

여기에 석굴암까지 스토리텔링으로 더해지면? 인도의 석굴 사원을 석굴암으로, 중국의 목탑을 다보탑으로, 신라의 불법 완성은 3층 석탑으로 해석할 수 있겠다. 즉 인도 —> 중국 —> 신라로 이어지는 불법 이동을 김대성은 사찰 건설을 통해 완벽하게 표현한 것이다. 이렇듯 황룡사 등 거대 사찰을 만들던 때와 비교하여 비록 사찰의 규모는 작아졌으나 오히려 사찰이 지닌 세계관 확장에 있어서는 그동안의 사찰에서 보여주지 못하던 세계사적 관점을 등장시키고 있다. 이는 곧 신라인들이 가지고 있던 당대 세계 지도이자 인도, 중국을 거쳐 신라에서 화려하게 꽃을 피운 불교 역사의 최종 집대성이었다.

    또한 이 두 탑은 감은사지에서 시작된 강인한 모습의 신라 3층 석탑이 어느새 귀족적인 미감으로 완성되었음을 보여주기도 한다. 삼국 통일 때의 강인한 무력과 힘이 과거 이야기로 밀려나고 귀족 문화를 기반으로 하는 미감이 경주에서 인기를 얻게 된 결과가 바로 세련된 형태의 석가탑과 다보탑인 것이다. 이처럼 신라는 자신의 세계관을 세련되게 건축물로 표현할 정도로 최고의 문화적 전성기를 맞이하였다. 이는 삼국 통일 더 나아가 강대국이었던 중국의 당나라까지 이겨낸 자부심이 만들어낸 독자적 세계관의 자신감 있는 표출이기도 했다.

잘생긴 부처

충분히 탑을 보고나니 자연스레 나의 관심은 극
락전으로 옮겨진다. 극락전에는 복돼지라 불리는
황금 돼지가 있는데, 실제 극락전 건물의 현판 뒤를
자세히 보면 노란색 돼지가 보인다. 고개를 젖혀서
봐야 할 정도로 보기 힘든 공간에 위치해 있다. 이
작은 돼지를 우리는 오랜 기간 있는 줄 몰랐거나 크
게 관심을 가지지 않았다. 그러다 2007년 돼지해에
갑작스럽게 부각되며 "새롭게 발견되었다"라는 명
칭 아래 방송을 크게 탔고, 당대 인기 프로그램인
'무한도전'을 통해 2008년, 다시 한 번 언급되면서
소위 전국구급 스타가 된다.

어느 정도냐면 불국사에서는 황금 돼지 모형을

극락전 건물의 현판 뒤를 자세히 보면 노란색 돼지가 보인다.
© Park Jongmoo

극락전 앞에 만들어두었는데, 해당 모형을 만지기 위하여 주말에는 10~20m 줄이 이어질 정도다. 정말 믿기 힘들 정도의 인기다. 만지면 복이 온다는 소문이 돌면서 갈수록 인기를 얻는 중이라 평일에도 만지는 것이 그리 쉽지 않다.

오늘도 보아하니 아이들부터 어르신까지 모여들어 만지느라 바쁘다. 이런 정보를 잘 모를 듯한 외국인도 만지고자 차례를 지키고 있으니 '황금 돼지도 참 피곤하겠다.' 하고 생각하는 찰나 운 좋게 잠시 사람들이 비는 타이밍이 생기자 나도 모르게 절로 빠른 걸음으로 움직여서 만져본다. 맨들맨들해진 살이 얼마나 많은 사람들에게 만져졌는지를 증명하고 있다. 올해 남은 기간은 복이 좀 오려나? 나역시 황금 돼지 인기에 조금 냉소적이다가도 막상 만지고나니 이런 생각을 한다. 역시 인간은 욕망에 흔들리는 존재인가보다.

하지만 극락전에 황금 돼지를 보러 온 것은 아니고 실제 내가 극락전을 방문한 이유는 국보 27호인 금동아미타여래좌상(金銅阿彌陀如來坐像)을 만나기 위함이다. 이 부처는 통일신라 시대 만들어진 작품으로 풍채가 남다르다. 극락전 안에 들어가보면 크기도 꽤 크고 강한 에너지가 느껴진다. 1.66m의 앉은키이니 만약 이 부처님이 서 있다면 약 3m의 장신이다. 내 키가 1.77m이니까 국보 27호 부처님이 함께 서 있다면 꽤나 압도당했을 것 같다. 그런 부처님이 높은 기단에 앉아 나를 내려다보고 있으니 힘이 느껴질 수밖에.

그러나 이 부처님은 단순히 풍채가 좋은 것뿐만 아니라 세련되고 높은 기술로 제작되어 부처의 얼굴부터 몸, 옷 주름까지 세세한 부분 하나하나까지 완성도가 무척 높다. 통일신라 시대를 대표하는 3대 금동불상으로 알려져 있을 정도니, 나는 이 부처를 통해 신라 시대 불상 조각가의 실력을 가늠해본다. 너무나 매력적인 모습에 사진을 찍고 싶지만 불당 내 일하시는 보살님들이 눈치를 주고 있어 찍을 수가 없다. 몰래 찍는 것은 가능할지 모르나 이내 포기하고 불전함에 3000원을 넣고 부처님께 3배를 한 뒤 나온다.

그런데 불국사 안에는 국보 27호의 형제 부처가 하나 더 있다. 바로 국보 26호 금동비로자나불좌상(金銅毘盧遮那佛坐像)으로 비로전이라는 건물 안에 있는 부처. 한때는 극락전에 아미타불좌상과 비로자나불좌상이 함께 있었는데, 박정희 시대 불국사가 새롭게 복원되면서 비로전이라는 건물을 만들었고 이곳으로 비로자나불을 옮기게 된다. 비로자나불상은 높이가 1.77m로 아미타불상보다 조금 더 크다. 그러나 얼굴이나 옷 주름 등 대부분의 모습은 마치 쌍둥이처럼 같아서 동일한 시점에 동일한 장인이 만든 작품임이 분명해 보인다.

다만 다른 점이 있다면 손 모양이다. 보통 수인(手印)이라 하는 이 부분에서 비로자나불은 한쪽 손 검지를 다른 손으로 감싼 형태로 몸 중앙에 보이고 있으니 일반 부처와 다른 자신만의 개성을 가지고 있다. 사실 수인은 부처의 가르침을 표현한 것으로 다양한 손의 표현을 통해서 각 부처의 개성을 드러

내고 있다. 덕분에 손 모양의 다름을 구별하는 것만으로도 누구는 아미타불이고 누구는 비로자나불인지 알 수 있는 것이다. 부처의 수인에 대해서는 국립중앙박물관 불상 전시실에 가보면 설명이 잘 되어 있으니, 여기서는 더 이상의 설명은 패스하겠다. 직접 찾아 공부해보자.

다만 비로자나불의 수인은 9세기 무렵부터 신라에서 큰 인기를 얻었는데, 덕분에 유독 통일신라 후반기 동안 많은 비로자나불이 만들어졌다. 무엇보다 경주에서 시작되어 지방으로 퍼지는 형태로 점차 비로자나불의 제작 장소도 넓어진 것을 통해 당시 중앙 문화의 지방 전파 모습도 읽을 수 있다. 불국사의 비로자나불은 초기 비로자나불 중 하나로 양식상 800년 전후에 제작된 것으로 보고 있다. 그렇담 8세기 중후반의 석굴암 부처와는 2~30년 정도 차이가 난다고 할까?

경전에 따르면 비로자나불은 화엄경(華嚴經)의 부처로 '진리' 그 자체로 설명되고 있으며 산스크리트어로는 '태양' 이자 '두루 빛을 비추는 존재' 라는 의미도 가지고 있다. 즉 비로자나불은 태양의 빛처럼 불교의 진리가 우주 가득히 비추는 것을 형상화한 것이다. 화엄경은 부처가 첫 깨달음을 얻고 설법한 것이라 하는데, 내용은 석가모니불이 깨달음

불국사 비로전에 모셔져 있는 금동비로자나불좌상. 국보 26호.
© Park Jongmoo

을 얻자 진리인 비로자나불과 일체가 되어 자신의 깨달음과 깨달음에 이르는 방법을 이야기하는 방식이다. 그런데 통일신라에서는 삼국 시대 넘어온 화엄경을 더 발전시켜 신라 화엄학을 정립하기에 이르렀고, 화엄종을 설파하는 화엄 사찰을 여럿 만들어 널리 알릴 정도로 열정을 보였다. 그 결과 통일신라 시대 만들어진 문서 중 화엄종 관련한 국보 196호 사경이 지금도 남아 있고, 화엄경론을 신라왕이 일본에 선물한 것이 일본 나라의 정창원(正倉院)에 남아 전해질 정도다.

이처럼 화엄경에 상당한 이해도를 갖춘 신라는 불상에 있어서도 독창적인 비로자나불을 만드는 경지에 이른다. 이에 중국, 일본의 비로자나불과 다른 한국식 모양까지 선보였다. 다름 아닌 부처 모습을 하고 있는 비로자나불이 그것이다. 중국, 일본에서는 대부분 보관을 머리에 쓴 보살의 모습으로 비로자나불을 만든 반면, 한국에서는 유독 부처의 모습으로 비로자나불을 만듦으로서 그 차이점을 보인 것이다. 이는 곧 화엄경 이해도에 대한 신라의 자부심이 독자적으로 조각에 표현된 증거라 생각한다. 이렇게 불국사 비로자나불을 만나면 단순히 조형의 아름다움을 넘어 그 안에 있는 독자적인 철학과 사상도 통일신라 시대에 완성도가 상당했음을 느끼게 한다. 마치 누구는 18세기 달 항아리에서 독특한 조선의 유교 철학과 미를 도출하 듯이 비로자나불을 통해 통일신라의 독특한 불교 철학과 미를 깨닫는다고나 할까? 이 역시 통일신라가 보여준 문화적 힘을 의미할 것이다.

한편 불국사 비로자나불에 대해 《불국사고금역대기》에 따르면 887년 진성여왕 시절에 헌강왕의 명복을 빌기 위하여 그의 후비가 비로자나불을 만들었다는 기록에 따라 9세기 후반 제작이라는 주장도 있다. 하지만 비슷한 시기인 883년 만들어진 해인사의 비로자나불(보물 1777호)과 비교하면 아무래도 양식상 같은 시기라 보기는 힘들 듯하다. 또한 지금은 불국사에 소장되어 있으나 통일신라 시대에는 해당 부처가 다른 곳에 있었을 가능성도 충분히 존재한다. 고려가 생긴 이후 경주는 한반도 중심지 역할에서 물러나면서 인적 물적 기반은 지금의 수도권 지역으로 서서히 옮겨가게 된다. 그 결과 이곳에 존재했던 많은 절도 후원자가 사라지자 서서히 폐사되었으니 그 과정 중 불상 역시 폐사된 절에서 운영이 가능한 절로 옮겨지는 일이 잦았을 것이다. 이에 옮길 수 있는 무게의 부처상이 지금 이곳에 있다 하여 신라 시대부터 불국사에 있었다고 보는 것은 조금 무리한 해석일 수도 있겠다.

석굴암은 언제 가는 게 제일 좋을까

불국사 구경을 충분히 했더니 시간이 꽤 지난 듯
하다. 스마트폰으로 시간을 보니 오후 2시 40분을
훌쩍 넘어가네. 이제 시내버스를 타고 경주 시내로
돌아가면 대충 3시 30분일 테고 늦은 점심 겸 이른
저녁을 먹고 놀다가 시외버스터미널로 가면 딱 될
듯하다. 다음에 또 오면 되니까. 그래 이 정도로 오
늘은 구경하고 돌아가자. 이곳까지 와서 석굴암을
안보는 것은 아쉽기는 하지만, 사실 석굴암은 진짜
구경하기 좋은 시점이 따로 있다. 바로 '부처님 오
신 날'이 그날이다.

석굴암은 현재 본존불 앞으로 유리벽을 만들어
그 안으로 일반인은 들어갈 수가 없다. 문화재 보호

를 위해서니까 이해는 된다. 이에 유리를 통해 석굴암 안을 보는 것 정도가 최선의 방문이다. 물론 이렇게 보는 것도 그리 쉬운 일은 아니다. 한 해 65만 명이 방문하는 석굴암은 불국사보다 면적이 훨씬 작기 때문에 면적 대비 사람 수는 2배 정도 혼잡하다. 이에 산 중턱에 위치한 석굴암을 구경하려는 줄이 전각부터 그 언덕 아래로 계단 따라 쭉 이어져서 주말 오후에는 30분 이상 기다려야 할 정도로 길어지기도 한다. 그런데 막상 유리 건너 본존불을 만날 시간이 되어도 전각 안으로 계속해서 밀려오는 사람들로 인해 볼 수 있는 시간과 공간은 정말 제한되어 있다. 그렇다면 언제 방문하는 것이 좋을까?

가능하면 평일, 그것도 오전에 방문해야 석굴암을 조용히 구경할 수 있다. 불국사와 석굴암을 다 구경할 생각이라면 불국사부터 들르기보다 아침 일찍 석굴암부터 우선 방문한 뒤 불국사로 가는 것을 추천한다. 토함산 석굴암으로 올라가는 꼬불꼬불한 도로를 따라가다 드디어 주차장에 도착하면 그곳에서 저 멀리 동해 바다가 보인다. 이것이 장관이다. 왜 김대성이 이곳에다 석굴암을 만들었는지 이해가 된다. 특히 새벽에 오면 석굴암에서 동쪽으로 해가 뜨는 것도 볼 수 있다. 이 해돋이를 구경하기 위해 아침 일찍 이곳을 방문하는 사람이 꽤 있다. 내 경

석굴암. 특별한 날에는 유리벽이 아니라 그 옛날 석굴암 구경처럼 인공
굴 안으로 입장이 가능하다. © Park Jongmoo

험상 석굴암 해돋이는 겨울이 가장 예쁜 듯하다.

그런데 부처님 오신 날이 되면 석굴암에 또 다른 매력이 추가된다. 첫째 입장료 무료, 둘째 개방 시간이 1시간 이상 더 앞당겨져 새벽 5시 30분에도 입장 가능, 셋째 유리벽이 아니라 그 옛날 석굴암 구경처럼 인공 굴 안으로 입장이 가능. 이렇게 3가지 조건이 365일 중 오직 이날 하루만 허락된다. 특히 석굴암 안을 들어갈 수 있다는 것이 대단한 일이다. 뒤에 대기하는 사람이 워낙 많기 때문에 안을 샅샅이 볼 수는 없지만 그럼에도 석굴암 안을 과거 신라 사람들처럼 거닐 수 있다는 것은 엄청난 경험이 아닐까 싶다. 짧은 시간 내 석굴암 본존불을 중심으로 한 바퀴 돌면서 눈에 가능한 많은 것을 집어넣고 나오면 새로 태어난 기분이다. 무엇보다 밖에서 유리 건너 볼 때와 비교해 석굴암 안이 꽤나 넓다는 느낌을 받을 수 있다. 물론 이런 경험도 그나마 여유 있게 하고 싶다면 새벽 방문은 필수다. 이 날은 오전 7시만 되도 주차부터 만만치 않다.

가만 생각해보니 대학 시절에는 불국사에 들렸다가 석굴암까지 걸어서 간 적도 있는 듯하다. 정확히는 등산이다. 생각 외로 그리 힘들거나 멀지는 않았던 기억인데, 지금은 그다지 도전하고 싶지는 않네. 귀찮아서일까? 아님 나이 탓을 하고 싶은 걸까?

이 정도로 석굴암 추억을 살펴보고 불국사를 나와 버스 정류장에 도착하면 나처럼 버스로 경주 시내로 가려는 사람들이 차를 기다리고 있다.

버스 정류장에서 스마트 폰으로 버스 오는 시간을 대충 확인하며 서 있으니 한 외국인 커플이 다가와 영어로 여기가 버스를 타는 곳이 맞냐고 물어본다. 그렇다고 하니 감사하다고 한 후 자기들끼리 중국말로 이야기하는 중. 아무래도 분위기상 대만이나 홍콩 쪽 사람 같았다. 경주는 외국인이 여행하기에 조금 불편한 부분이 많다는 아쉬움이 있다. 서울이나 부산같이 관광과 대도시 이점이 있는 곳과 비교하면 지하철이 없기에 우선 편히 돌아다니기 힘들고, 버스 역시 외국인에게 정보 서비스 측면에서 무척 부족하다. 여전히 영어로 도착 버스 정류장 알림 시스템이 있는 버스도 있고 없는 버스도 있으니, 말 다했다. 이에 스마트폰으로 구글 지도를 보며 자신이 가는 곳이 맞는지 매번 확인하는 외국인들을 보면 좀 안타까운 마음이다.

신라인이 꾸민 거대한 탑, 남산

이제 버스가 도착했고 기다리고 있던 사람들과 함께 탔다. 버스는 자리가 빈 채로 꽤나 여유 있게 움직인다. 불국사까지는 아무래도 자가용으로 오는 사람이 대부분이라. 그런데 가만 생각해보자. 아침에 간단히 빵과 토마토 주스, 감은사지에서 과자, 불국사 와서 군밤, 이것만 먹으면서 여행을 했네! 참 대단하다. 본래 불국사 근처에서 밥을 먹을까 했는데, 절 구경하는 것이 급해지면서 넘겨버렸네. 이상하게 혼자 여행하면 먹는 것을 최소화하면서 움직이게 되는 버릇이 있다. 앞으로는 잘 먹으며 잘 여행하는 방법도 연구해야겠다.

버스를 타고 가며 이번 여행에서 다녀본 장소를

세어보니 큰 줄기로 봐야 할 것은 대충 본 듯하다. 거의 어른용 수학 여행 느낌이랄까? 이유는 모르겠지만 어쩌다 보니 메인 코너만 쑥 돌아보았군. 사실 경주 여행은 한 번에 모든 것을 다 보려고 하는 것보다 자주 와서 새로운 곳 또는 오랜만에 방문할 곳을 찾아가는 것이 좋다. 보려고 한번 마음먹으면 볼 것이 그만큼 많아지는 장소이기도 하지. 예를 들어 고분만 찾아 탐험을 하며 진짜 무덤의 주인이 누굴까 퍼즐 맞추기, 사찰을 돌되 건물터와 탑만 남은 곳을 돌며 《삼국사기》, 《삼국유사》에 기록된 절 중 어디일까 찾아보기, 김정희나 문무왕, 선덕여왕, 원효, 김유신 중에 한 인물을 골라 그와 인연 있는 장소를 쭉 돌아보기 등등 나의 경우는 이처럼 오만 가지 여행 방식으로 경주를 돌아보곤 했다.

참 그런데 생각해보니 여러 여행 방식 중 남산 여행도 있었지. 경주 남산은 노천 박물관이라 불릴 정도로 많은 유물과 유적지가 있는 장소다. 그런 만큼 국내에서도 꽤 유명한 여행지로 알려져 있어, 어떤 사람들은 "하루 만에 남산 보물을 다 보겠다"는 욕심으로 찾아온다고 한다. 그런데 등산을 막상 해보면 처음 욕심과 달리 절대 하루 만에 남산의 유물을 다 볼 수가 없다는 걸 알게 된다. 아니 주요 유물만 보려 해도 불가능하다. 500m 이하로 그다지 높지 않은 산임에도 유적과 유물이 산 곳곳에 퍼져 있기에 루트를 아무리 잘 짜서 방문한다 해도 효율적인 구경만 가능할 뿐이다. 거기다 산이 은근 가파르며 일반 등산과 달리 정상을 찍고 내려오는 것이 목표가 아니라 A유적을 본 뒤 B유적을 보러 이동하는 일이 목표이기 때문에 운동량도 일반 등산과는 비교되지 않게 많다. 결국 남산 여행도 여러 번 방문해야 얼추 주요 유적지 상당수를 방문할 수 있다. 다 보는 것은 사실상 경주에서 살면서 매주 산을 타야 가능할 것이다. 100개가 넘는 절터와 100개가 넘는 석불과 100개 가까운 석탑이 존재하는 산이기 때문이다. 결국 남산에 위치한 국보 1점과 보물 14점을 보자는 현실적인 목표로 수차례 등산을 하도록 하자.

그렇다면 남산은 왜 이렇게 유적지로 가득 찬 산이 되고 만 것일까? 전국에 산이 많은 한반도이지만 이 정도로 인간의 손이 닿은 유물이 집결하듯이 몰려 있는 경우란 참 드물다. 이와 관련한 내용을 찾아보면 7세기 전반부터 남산에 부처와 사찰이 만들어지며 시작된 일이라 한다. 인구가 증가하면서 왕궁인 월성을 중심으로 경주 택지가 꽉 차기 시작하자, 말과 도보로 이동할 수 있는 생활권 거리 내로 왕릉, 국가 사찰마저 서서히 이동하기 시작했다. 그런데 일정 거리 내 택지마저 꽉 차버리니 드디어 산

삼릉계곡 마애석가여래좌상.

으로 옮겨진 것이다. 상황이 이러하니 시간이 흐르면서 남산 계곡 안까지 사찰이 올라가기 시작하였다. 높아서 접근하기 힘들고 그만큼 손이 닿기 힘든 곳까지 가야 집에서 가까운 거리 내 사찰을 만들자는 꿈이 가능해졌다는 의미다.

《삼국유사》에 의하면, 남산의 우지암(亐知巖)에 모여 나라 일을 의논하였다 하며 이외에도 여러 영험한 이야기가 전해지고 있다. 또한 신라의 시조라 알려진 박혁거세(朴赫居世)가 태어난 곳이 남산 기슭의 나정(蘿井)이고, 불교가 공인된 528년(법흥왕 15년) 이후로는 부처님이 상주하는 신령스러운 산으로 인식된다. 절이 많아지자 이렇듯 본래 신성시되던 남산이 더욱 신성시되면서 불국토의 중심에 위치한 중요한 장소로서 인식되어진다. 이에 거의 300여 년 동안 특히 통일신라 시대 동안 경주 사람들은 자신의 가문과 집안을 위한 사찰, 또는 사찰이 자금상 한계가 있다면 탑이라도, 그것도 힘들면 돌에 부처를 조각하는 마애불이라도 새기면서 기복신앙의 꽃을 피웠다. 김대성이 불국사를 만든 것처럼 신라인 하나하나가 남산에 자신만의 불국사를 세운 것이다. 남산에 새겨진 불교 유적들은 이처럼 300여 년 동안 대를 이어가며 부처를 통해 복을 받으려는 신앙이 만들어낸 결과물이다. 그래서일까?

이곳 남산에는 솜씨가 뛰어난 작품 가까이에 수준 떨어지는 작품도 함께 하고 있는 등 정말 다양한 형태의 유적이 속살 그대로의 모습으로 존재하고 있다. 즉 남산 자체를 신라인이 꾸민 거대한 탑이라 보는 것이 맞을지도 모르겠다.

그럼 이번 여행에서는 시간상 패스하지만 남산 여행을 즐기는 방법을 잠시 알아보자. 주요 유적지를 탐방하는 루트는 이미 여러 개가 개발되어 있으니 그것을 찾아 참조하는 것이 좋다. 물론 본인이 직접 루트를 개발해서 유적을 돌아보는 것도 좋은데, 초보자에게는 이것이 생각 외로 쉽지 않다. 이럴 때는 역시 도움이 필요하겠지. 경주에는 사단법인 경주남산연구소라는 곳이 있는데, 남산 답사를 전문으로 하는 재단이다. 홈페이지로 가서 답사 신청을 예약해두고 약속된 날에 경주남산안내소에 가면 팀이 모여 있다. 보통 10명 이내로 모이니 설사 혼자 가더라도 큰 걱정 할 것은 없다. 그리고 해설가 한 분이 오셔서 함께 남산 등산을 시작하는데 도중에 유적지를 만나면 알찬 설명을 해준다. 여러 코스가 준비되어 있으니 이 역시 홈페이지에서 확인하면 된다. 참고로 참가비는 무료다.

이런 시스템은 비단 경주남산연구소 말고도 경주 내 몇 개 재단이 더 있는 것으로 알고 있다. 이런 방식으로 충분히 남산 경험이 쌓인 후에 본인이 직접 책과 자료를 조사하여 루트를 만들어 다니면 남산에 대한 이해도가 훨씬 빠르고 효율적으로 올라가지 않을까 싶다. 물론 나 역시 그런 과정을 과거 경험해서 남산 이해도가 조금 높아지긴 했는데, 최근 들어 경주 당일치기 여행이 몇 년째 이어지자 남산 여행의 추억도 가물가물해지고 말았네. 다음에 여행 오면 남산 여행도 고민해 봐야겠다.

8

황리단길

경주의 새로운 아이템, 황리단길

오후 3시 40분을 넘어 드디어 대릉원 옆 황리단길에 도착했다. 황리단길은 얼마 전만 해도 그냥 오래된 건물이 있는 동네 거리에 불과했다. 그런데 어느 순간부터 다양한 가게들이 들어서더니 순식간에 젊은이의 거리가 되었다. 이에 경주시에서도 유동인구가 크게 생겨나며 불거진 부족한 공용 주차장, 화장실 등 편의 시설 문제를 신축을 통해 해결하고자 하고 있으며, 그 외에도 골목길 등을 정비하려 하고 있다. 사실 이곳은 2차선 길에 도보는 없거나 좁고, 유동 인구는 많아 길가에 엉키면서 좀 복잡한 상황이다. 갑작스럽게 핫 플레이스가 된 것을 이 모습을 통해서도 알 수 있다.

어쨌든 거리를 구경하며 좀 돌아다녀본다. 당일
치기 경주 여행이 근래 몇 년간 나의 여행 방식이 되
면서 시간이 부족해 매년 이곳 발전 모습을 눈으로
슬쩍 보기만 했을 뿐, 자세한 구경은 사실상 오늘이
처음 같다. 카페가 참 많구나. 카페 한 곳에 들어가
코코아 하나 사서 마시며 이동한다. 긴 거리는 아니
지만 사이사이에 맛집처럼 보이는 가게도 있고 무
엇보다 인스타그램에 사진 올리기 좋은 내부 분위
기가 눈에 띈다. 요즘 여행은 과거처럼 사진을 찍은
후 나와 주위 사람만 즐기며 끝내는 것이 아니라 이
를 SNS에 공개적으로 보여주고 반응이 오는 것을
즐기고, 더 나아가 이렇게 경험한 내용을 다른 사람
들도 즐기게 만드는 과정이 즉각적으로 이루어지고
있다. 경험을 함께 소비하는 문화라 해야 하나?

2012년 서울 이태원의 경리단길부터 시작된 문
화인 '~리단길'은 마침 스마트폰의 대중화 및 SNS
문화와 연결되어 뜨거운 반응으로 이어졌다. 그리
고 이런 문화는 전국적으로 퍼지기 시작했다. 덕분
에 이제는 전국에 '~리단길' 브랜드가 수십 곳에 이
르는 상황이라 한다. 그 과정에 생성, 발전, 붕괴 과
정도 이미 공식처럼 만들어진 상황이다. 미로 같은
동네 거리에 작은 가게들이 생겨나자 돌아다니며
숨어 있는 가게를 찾는 문화가 생기고, 이를 SNS에

올려 파급력이 올라가면 더 많은 사람이 모여든다. 이것이 방송을 타 유동 인구가 배 이상 늘어나자 곧 가게 주인이 월세를 올리거나 건물을 팔아 주인이 반 이상 바뀌는 현상이 벌어진다. 결국 기존의 작은 가게가 월세 부담을 못 이겨 빠져나오면서 활력이 떨어진 거리는 무너진 후 다른 거리가 생기면서 그쪽으로 인기가 옮겨진다. 실제 '~리단길'의 시조인 경리단길은 인기가 예전 같지 않고 이제는 유동 인구 하락세와 상가 공실이 크게 늘어나는 상황이라 사실상 인기 수명이 약 5~6년에 불과했음을 알 수 있다. 순식간에 뜨고 사라질 수도 있는 문화라는 의미다.

그래도 서울처럼 대도시이기에 언제든 대처할 수 있는 잠재적 공간이 많이 존재하는 곳과 경주는 좀 다르겠지? 경주에 이런 곳이 생기니 색다른 활력도 생기고 여러 모로 긍정적으로 보인다. 오죽하면 주변 경주를 자주 가는 이들 이야기를 들으면 젊을수록 경주에 유적을 보러 가기보다 카페와 거리를 경험하고 고분 정도만 감상한 뒤 돌아오는 경우가 많더라. 경주 여행에 대한 틀이 바뀌고 있다는 생각도 들었다. 앞으로는 경주에 어떤 여행 아이템이 적용되려나 궁금해진다. 이렇듯 황리단길 구경을 쭉 했더니 고프던 배가 더 고파지고 있다. 누군가가 추천해주었던 가게를 찾아가 어서 밥을 먹어야겠다.

경주 사람과 대화

황리단길에서 벗어나 길을 건너 조금 걸으니 신라대종이 보인다. 경주에서 타종 행사가 있을 때 종을 치는 장소로, 성덕대왕신종을 그대로 재현하여 만든 종이다. 슬쩍 보고 지나친 뒤 바로 옆에 있는 건물로 이동한다. 'DOMi' 라는 상호가 보이는군. 바로 이곳인가보다. 들어가보자.

시간이 오후 4시 정도라 아직은 조용하네. 메뉴판에 영어로 씌어 있는 음식들. 괄호 안에 한글로도 표기되어 있군. 이태원 느낌이 좀 든다. 여하튼 고르고 골라 '이베리코 소시지 & 샐러드' 를 주문하고 레몬 스콘도 주문. 그래, 나의 평소 스타일과는 맞지 않지만 한 번 먹어볼까. 도전 의식이 든다.

곧 음식이 요리되어 나왔고 소시지가 특히 맛있어 보이는군. 배가 고프니 우선 입안에 넣어보자. 혼자서 술을 잘 하지 않지만 맥주도 한 잔 시켰다. 목이 말랐기에 꿀꺽꿀꺽 잘 들어간다. 요리를 해준 분과 눈이 잠시 마주치자 친절하게 웃으시며 "맛이 괜찮습니까?" 하고 물어보시는군. 나는 "맛있네요." 하고 답한 뒤 "가게가 참 예쁘네요."라고 답했다. 그런데 질문이 생각나서 대화한 김에 물어보기로 한다.

"밖에 음료수 자판기인 줄 알았는데, 여기 가게 안에 필름 사진전 한다는 광고도 보이고, 필름과 카메라를 파는 자판기인가봐요." 하고 물어보자 필름로그 현상소 이야기를 상세히 해주신다. 워낙 문외한이라 100% 이해는 못했지만 자판기에서 필름 카메라를 사서 찍은 후 이를 현상할 수 있는 서비스를 운영 중인 듯했다. 그렇군. 요즘처럼 가볍게 찍고 소비하는 문화와는 맞지 않아 보이지만, 오히려 그런 현상 때문에 일부 사람들에게는 아날로그적 필름 카메라의 감성이 매력적으로 다가올 수도 있겠구나.

솔직히 말하자면 이 카메라 자판기는 제주도에서 한 번 본 적이 있다. 책방무사라는 곳에서 만났는데, 요조라는 싱어송라이터가 만든 작은 서점이

지. 더욱이 그분은 책 관련 사이트에 내가 전에 쓴 《박물관 보는 법》이라는 책을 소개하면서 경주 이야기를 했던 기억이 난다. 고마운 마음에 어느 날 책방무사에 슬쩍 방문한 적이 있었다. 운 좋게 요조 씨가 있었으나 대화는 나누지 않고 그냥 조용히 책한 권 사서 돌아왔다. 참 묘한 인연이군. 경주에서 누군가의 소개로 한 가게에 들렀다가 필름 카메라 이야기를 들었는데, 그 필름 자판기를 요조 씨 서점에서 본 적이 있었고, 요조 씨는 내 책을 경주 이야기에 넣어 소개한 적이 있었으니. 이것도 경주와 나의 인연이 남다르다는 증거가 되려나.

이렇게 뜻하지 않은 인연을 파악한 후 나머지 요리를 다 먹은 뒤 맥주로 입가심을 하니 포만감이 밀려온다. 경주 여행에서 느끼는 첫 여유였다. 분, 초 따지며 바쁘게 가능한 모든 것을 눈에 넣으며 다니던 나의 여행에서 단 하나 부족했던 마음의 자유를 이제야 느낀 것이다. 여행 끝에서야 여행의 또 다른 즐거움이 다가오는구나. 사회와 삶에서 벗어나 나를 성찰할 수 있는 시간. 천천히 음미하며 밥을 먹어서 그런지 1시간이 훌쩍 흘렀다. 5시가 되었네. 이제 경주에 대한 마음을 정리하고 남은 2시간 어떻게 보낼지 생각해본다.

드디어 집으로

시외버스터미널로 가기 전 경주빵이나 먹어봐야 겠다. DOMi 근처 경주빵집에 들려서 10개에 9000원짜리 하나를 구입한다. 가게 분위기를 보아하니 꾸준히 손님이 들어와 사는 모양이다. 아무래도 선물용으로도 인기 있을 테니까. 이렇듯 돈이 잘 벌려서인지 어느 때부터인가 경주빵집 가게들은 새롭게 건물을 올리거나 리모델링을 해서 장사 중이다. 원조라는 이름이 붙어 있는 가게도 있고 그냥 장사하는 가게도 있는데, 크게 맛에서 차이는 못 느꼈다. 다만 같은 빵을 팔고 있음에도 몇몇 인기 있는 가게는 사람이 꽤 많은 반면, 나머지 가게는 사람이 별로 안 보이는 점이 흥미롭다. 브랜드와 고객 관리의 차이일까? 어쨌든 일제 강점기 시절에 만들어져서 지금까지 경주를 상징하는 빵으로 인기를 지속하고 있으니 이제는 나름 역사가 있는 빵이라 할 수 있겠지.

경주빵을 들고 다시금 어제 첫 여행 코스였던 봉황대로 걸어와 벤치에 앉아서 고분을 구경한다. 가만 보자. 9000원에 10개밖에 안 되니 하나당 900원짜리다. 내가 좋아하는 과자 '빠다코코낫' 쿠키 한 개에 1500원이니까 경주빵 2개면 거의 '빠다코코낫' 가격이다. 한 마디로 비싸다는 의미다. 그런 만큼 음미하면서 먹어보자. '음, 팥 맛이 좋네!' 가끔 경주 올 때마다 사먹지만 매번 먹을 때마다 이전에 먹었던 맛이 기억이 나지 않는다. 참 익숙하면서도 묘한 빵이다.

경주빵을 먹으며 이번 여행과 신라에 대해 정리해보자. 4~6세기 초만 해도 고구려 영향력 아래 경상도 일부 지역을 장악했을 뿐이었던 신라, 그러나 그 뒤 불과 200년도 되지 않은 사이에 자신들보다 선진국이었던 백제, 고구려를 무너뜨리고 더 나아가 당대 최강국이었던 당나라와의 전쟁에서도 승리한다. 과연 이러한 신라의 힘은 어디서 나왔던 것일까?

나는 이 부분이 매번 궁금했었다. 그러다 어느 날 느낀 것인데, 4세기 근초고왕으로 위대한 전성기를 누렸던 백제, 5세기 광개토대왕으로 역시나 위대한 전성기를 만든 고구려. 그와 달리 신라는 자신의 역사에서 위대한 시기를 만든 기억이 없었고 이것이 오히려 계속 앞으로 달려가게 만든 원동력이 아니었을까 하는 생각이 들었다. 결국 백제는 한강을 고구려에게 뺏긴 후 언제나 고토 회복에만 집중했고, 고구려 역시 위대한 전성기가 사라진 후 그 시대를 복원하는 데 집중하였다. 그러나 신라는 동일 시점에 두 국가와 달리 과거 화려했던 시기가 없었기에 오히려 당당하게 미래만 보며 움직일 수 있었던 것이다. 물론 신라도 삼한일통이라는 업적을 세운 후에는 그 전성기를 누리면서 서서히 몰락하지만 말이지.

이처럼 국가든 사람이든 가장 중요한 것은 '때'인 것 같다. 잘나가는 시기 최대한 업적을 만들어내고 활동 영역을 키워두어야 언제든 힘이 빠지는 시기가 닥쳐도 유지할 수 있는 힘이 생긴다. 신라는 그 좋은 '때'에 최선을 다해 최대한의 업적을 만들었고, 그 결과는 백제, 고구려도 하지 못한 한반도 통합 세력의 등장으로 마무리된다. 승리한 역사로 남게 된 것이다.

지금 한국 주변의 국가도 비슷한 느낌이 든다. 일본은 지금도 80~90년대 초반의 버블 경제 폭락 직전의 위대했던 추억을 다시 회복하는 것에만 집중하며 여전히 과거에 사로잡혀 있고, 중국은 그보다 더 과거인 위대했던 한족 문화 시절을 이야기하며 그때 그 시대를 복원하는 것을 목표로 하고 있다. 반면 한국은? 일본이나 중국처럼 위대했던 시기가 없었던 만큼 매번 부족함을 느끼며 더 높은 앞만 보고 계속 달려왔고, 그 결과 어느새 국민 소득 3만 달러 이상에, 경제 규모 또한 세계 10위권의 유럽 경제 대국 수준의 나라가 만들어졌다. 이런 현대 한국의 모습에서 과거 신라의 모습이 떠오르는 것은 왜일까?

경주빵도 다 먹고 봉황대 주변 고분을 천천히 돌며 오랜 시간 생각에 잠기다 보니 어느새 조금씩 어두워짐을 느낀다. 시계를 보니 6시 30분이군. 어이쿠. 빨리 움직이자. 빠른 걸음으로 가면 시외버스터미널까지 금세 간다. 정말 빠른 걸음으로 모든 것을 다 무시한 채 걸음에만 집중하기 시작했다. 이렇게 오직 걸음에만 집중하니 생각보다 빨리 도착했네. 1km의 거리를 단 15분 만에 돌파하다니 아직 내 다리는 튼튼하게 살아 있구나. 이처럼 별것 아닌 것에 감동하고 버스 매표소에 줄 잠깐 선 뒤 예약한 표를 받았다.

　시간이 조금 남았으니 빨리 화장실에 가서 긴 여정을 위한 준비를 끝내고 곧 바로 버스를 탔다. 버스 안 시계가 6시 55분을 가리킨다. 딱 맞춘 시간이군. 휴. 얼마 뒤 문이 닫히고 "출발합니다."라는 기사님의 말과 함께 버스는 어두워지는 경주를 떠나기 시작했다. 이대로 집에 도착하면 11시 15분쯤 되겠군. 시간 집착증처럼 계산을 한 번 더 한 뒤 의자를 뒤로 조금 젖히고 눈을 붙인다. 피곤했을 테니 푹 자자.

　이렇게 나의 몇 번째인지 모를 경주 여행이 또 다시 마감하였다. 다음번에는 언제쯤 경주를 갈까? 잘 모르겠다만 어느 시기 갑자기 떠나고 싶을 때 매번 그렇듯 경주를 또 찾아오지 않을까? 내가 언제, 어떤 계획을 지니고 방문해도 언제든지 반겨주는 곳이니까. 그럼 안녕~.

신라가 최종 승리한 이유는 무엇인가

막상 경주가 이야기 주제가 되면 누구나 한 마디 거들기 좋다. 한 번쯤 다 방문한 경험이 있기 때문에 그만큼 익숙하게 느껴지는 곳이다. 그래서인지 25만 명의 크지 않은 도시임에도 비슷한 규모의 한국 여러 도시와 비교해 월등하게 대중적 이름값을 가지고 있다. 하지만 질문을 달리하여 경주를 잘 아느냐, 라고 묻는다면 글쎄, 대답이 쉽지 않다. 나 역시 수십 번을 여행왔으나 내가 아는 경주는 매번 그 모습을 달리하는 것 같다. 계절에 따라 새로운 볼거리가 생길 때마다, 내가 유적을 보는 지식이 쌓일 때마다 경주는 조금씩 색이 달라진다. 막상 이곳에 살면 쉽게 대답이 나오려나? 그건 경험 해보지 않아서 모르겠군. 그러나 한 가지 분명한 것은 올 때마다 다시 오고 싶은 느낌을 주는 도시라는 점이다.

사실 내가 경주를 좋아하게 된 것은 신라라는 나라를 좋아했기 때문이고, 신라를 좋아했던 이유는 아무래도 마지막 승리자 이미지가 강했기 때문이다. 어릴 적 동네에서는 닭싸움이 유행했는데, 이유는 모르겠지만 당시 아이들은 고구려, 백제, 신라로 팀을 나누어 놀곤 했었다. 그때마다 난 신라를 골랐으니 어린 마음에도 신라가 삼국을 통일했다는 이미지가 강해 보여서 그랬던 것 같다.

그런데 나이를 더 먹고 살펴보니 중국과 맞서 싸워 여러 번 통쾌한 승리를 거두었으나 끝내 당나라에게 무너진 고구려, 귀족적인 미감을 신라·가야·일본에 전달하는 힘을 지녔으나 오만으로 무너진 백제, 이들과 비교하여 마지막까지 살아남아 중국과의 대결에서도 승리하여 현재 한반도 역사의 기틀을 만들어낸 신라가 더 강한 나라가 틀림없다는 결론을 짓게 된다. 그 뒤로 신라가 최종 승리한 이유가 무엇일지 궁금해져서 경주를 자주 찾기 시작했고 그들의 승리 역사를 이해해보기 위해 노력했다.

그 결과 최고를 위해 정진하던 신라인의 노력이 결국 인내를 통해 승리하는 법을 만든 것이 아닐까 하는 생각을 하게 된다. 고구려와 백제에 비해 국력과 문화가 떨어지는 것을 잘 알았던 신라인들은 외부와 적극적 교류를 통해 자신을 자각하면서 끊임없이 최고를 추구하고자 했다.

한반도 내 규모로는 최고 수준의 크기를 자랑했던 신라 고분들, 유별난 황금사랑과 유별나게 큰 금관, 황룡사처럼 당시 한반도에서 가장 큰 사찰을 선보이려 했던 모습, 순진해서 그런 것인지 모르겠으나 아예 부처의 재림이 신라에서 이루어지고 있다고 생각하는 최고의 믿음, 불교의 가르침을 하나의 공간에 집약적으로 선보이며 토목 기술을 극한까지 올렸던 석굴암, 영원성이 보장되는 돌로 탑을 만들어 영원한 불법의 가치를 보여주던 삼층 석탑, 화엄경에 대한 최고 수준의 이해를 증명하는 비로자나불, 나라를 지키겠다는 일념으로 왕의 신분임에도 바다에 능을 잡은 웅대한 포부가 최고인 문무왕, 불교 교리에 있어 당대 최고 수준까지 선보인 원효, 최고 문물을 지닌 중국에 끊임없이 유학생과 외교관을 보냈던 신라와 그 상징인 김인문, 가야계라는 신분 차별을 이겨내고 신라 최고의 영웅으로 올라선 김유신 등등.

이처럼 신라인들은 자신의 능력이 되는 한 적어도 한반도 내에서는 최고 수준의 무언가를 만들고자 노력하였다. 이를 위해서는 과정 중 순간의 비굴함도 참을 수 있었으며, 국가적 위기에서는 가장 높은 신분의 인물들이 가장 앞장서 자신을 희생했다. 이것이 신라가 승리한 역사를 만든 이유가 아니었을까? 그리고 그 흔적이 경주에 곳곳에 남아 있는 것이다.

요즘 한반도를 중심으로 여러 국가들의 모습이 심상치 않다. 동맹도 적도 대국도 소국도 없는 혼잡함 속에서 우리가 가야할 길을 무엇일까? 대국이라는 자존심으로 외부 변화에도 자신의 권위만을 지키려다 무너진 고구려일까? 문화 선진국이라는 이미지만으로 다른 나라를 아래로 보며 무시하다 무너진 백제일까? 나는 답이 신라에 있다고 보고 있다. 1박 2일 간 즐거운 경주 여행 이야기를 하다 에필로그에서 조금 진지한 이야기로 넘어온 듯하다. 이야기를 마무리하기 전 내가 가지고 있는 경주 느낌을 설명하는 것이 필요하다 여겨서 그랬다.

여하튼 나의 여행기를 통해 경주를 보는 눈이 조금이라도 달라지면 좋겠다는 생각을 한다. 그리고 이 여행기를 통해 각자 느낀 또 다른 경주 경험을 바탕으로 자신만의 경주 이미지를 만들어 사람들과 대화할 수 있으면 좋겠다. 경주는 (   )한 곳. 이제 자신의 이야기로 빈 칸을 채워보자.

참고 문헌

국립경주박물관, 국립경주박물관(2012년)
삼국사기, 김부식
삼국유사, 일연
신라왕릉연구, 이근직, 학연문화사(2012년)
신라의 정치구조와 신분편제, 서의석, 혜안(2010년)
신라의 황금문화와 불교미술, 국립경주박물관(2015년)
신라 지방통치체제의 정비과정과 촌락, 주보돈, 신서원(1998년)
신라하대정치사연구, 권영오, 혜안(2011년)
실크로드와 경주, 민명훈, 통천문화사(2015년)
에밀레종의 비밀, 성낙주, 푸른역사(2008년)
재당 신라인사회연구, 권덕영, 일조각(2005년)
천마 다시 날다, 국립경주박물관(2014년)
황금의 나라, 신라의 왕릉 황남대총, 국립중앙박물관(2010년)
Silla, The Metroplitan Museum of Art, New york(2013년)

일상이 고고학 나 혼자 경주 여행

1판 1쇄 발행 2020년 10월 15일
1판 2쇄 발행 2020년 11월 15일
2판 1쇄 발행 2021년 5월 19일
2판 4쇄 발행 2024년 4월 18일

지은이 황윤
펴낸이 김현정
펴낸곳 책읽는고양이 / 도서출판리수

등록 제4-389호 (2000년 1월 13일)
주소 서울시 성동구 행당로 76 110호
전화 2299-3703
팩스 2282-3152
홈페이지 www.risu.co.kr
이메일 risubook@hanmail.net

ⓒ 2020, 황윤
ISBN 979-11-86274-63-7 03810